筒井康隆作品集 01
富豪刑事
ふごうけいじ
筒井康隆／著
王 華懋／譯

目錄

總導讀／橫路明夫

擅長從自我意識中解放的大頑童

對於台灣人來說，「塔摩利」在台灣的知名度也許不算低，但聽過筒井康隆這個名字的人想必不多。而不僅知道「塔摩利」是歌唱綜藝節目「Music Station」的主持人，還知道他是日本頗具代表性的搞笑藝人的，恐怕就更少了。事實上，塔摩利在日本稱得上是搞笑巨匠，更是年輕一輩搞笑藝人看齊的目標；而早在塔摩利出道前已對他慧眼識英雄的，便是筒井康隆（或者說得更精確一點，筒井和塔摩利是在爵士鋼琴家山下洋輔介紹下認識的。筒井本身也以喜好爵士樂著稱，著有《爵士大名》等與爵士樂有關的作品）。他和他身邊的幾個人，都不斷試著找出超脫日本人制式笑點的方法。從這一點可以看出，想要簡短介紹筒井康隆非常困難，若非得要做出取捨，我會說他的精髓在於，作中人物和情節都沿著一個非理性的方向發展，不受任何控制。這樣的手法在他初期的作品中較為明顯，可是我認為從筒井康隆所有作品來看，他非常成功的一點也正在於，他讓人物順著情緒的指引行事，完全不加阻撓，也就是在小說中成功地（或試驗性地）呈現了日本人最不擅長的「從自我意識中解放」的狀態。想必這和他喜好爵士樂脫離不了關係。

以黑色幽默創造荒誕藝術的筒井文學

另一方面，身為一個作家，筒井康隆理所當然地與許多一般人眼中的知識份子來往。其中最具代表性的就是他與大江健三郎的友誼。至少到封筆宣言事件（筒井曾因為差別待遇與歧視的用字引發文壇論爭，他一怒之下中斷寫作活動。）發生為止，大江健三郎在所謂純文學作家當中，可說是最了解筒井康隆的人。大江用下面這段文字，點出了筒井康隆文學的獨特性與重要性：

令筒井康隆的作品顯得耀眼奪目的那些「idea」（點子），也可說是「ideas」（觀念），自明治時代以來，一直都因為與寫實主義對立而遭到貶低。這是日本近代文學史的縮影。（註1）

說得誇張一點，當時大江健三郎期待筒井康隆在日本文學界能夠扮演革新者的角色。而另一方面，筒井康隆在探討大江健三郎的文章當中，也以論述自己的文學作為開場白。內容雖然有點長，但十分有助於了解他的文學特質，因此特加以引用。

接下來，我想針對許多日本人共通的感性特質進行批判。這種特質就是：「欠缺某方面的感性。」

他們大多不喜歡荒誕無稽的事物，而傾向於欣賞有理可循的幽默；他們不喜歡怪異意象，而喜歡能夠一眼看出的象徵；他們不喜歡瘋瘋癲癲的玩笑，而喜歡帶有顏色的笑料。因此當他們碰上由荒誕無稽、怪異的形象以及瘋瘋癲癲的玩笑創造出來的藝術時，會設法用頭腦去理解它。爲了導出一個結論，他們總是急著尋找藝術作品中的象徵與意涵。然而這樣的思維方式，同時也封鎖了藝術的爆發力。既然連藝術都受到這樣的待遇，那麼在日本這樣一個尊崇純正血統的社會當中，在書寫充滿荒誕無稽、怪異意象、瘋瘋癲癲的玩笑的ＳＦ（Science Fiction，科幻小説）作品時，勢必得面對各式各樣的輕蔑、誤解、反感以及敵意。（註2）

一邊面對著「各式各樣的輕蔑、誤解、反感以及敵意」，一邊寫著「充滿荒誕無稽、怪異的意象、瘋瘋癲癲的玩笑的ＳＦ作品——這樣的描述説的正是筒井康隆自

註1　引自大江健三郎〈解説—筒井康隆有多特殊？〉（《筒井康隆全集24》　新潮社　1985.3）
註2　引自筒井康隆〈極個人的大江健三郎論〉（《國文學》　學燈社　1983.6）

己。的確，許多所謂衛道人士對筒井康隆充滿「輕蔑、誤解、反感以及敵意」；然而筒井文學的熱烈支持者也絕不在少數。從這一點來看，所謂「荒誕無稽、怪異的意象、瘋瘋癲癲的玩笑」（或可代換為胡說八道和黑色幽默）這樣的形容雖難免夾帶著些許自我解嘲的成分，但同時卻也是「筒井文學」公認的特徵。如果在這項特徵之外加上「為挑戰虛構的可能性所做的實驗」，我想大致上就能掌握筒井文學的骨幹了——不，我想這樣還不夠。理論上而言，一位作家的形象是由他筆下所有作品構成的。而筒井康隆在他的每一部作品中都會灌注新的概念，其作品所展現的多樣性，在日本作家當中幾乎無人能出其右。因此，以上所說的一切，說不定最後只說明了「筒井康隆是個變化多端的作家」而已。

《穿越時空的少女》透過不斷影像化造成熱門話題

收錄於本系列中的四部作品，無論趣旨或風格都完全迥異。以下在針對個別作品的特徵進行解說的過程中，筆者將盡可能不碰觸到內容的部分。為了避免扼殺了讀者之後閱讀的樂趣，我打算僅以一些旁枝末節的事項來引起讀者諸君的興趣。只是不知道這樣的嘗試，效果是否會如我預期。

我想先從四部作品中最早期的《穿越時空的少女》談起。聽到《穿越時空的少女》完成於一九六五～一九六六年間，也許你會感到意外。因為拿起這本日本文學中譯本的你，很可能曾經看過二〇〇六年上映的電影版動畫《跳躍吧！時空少女》。這部電影剛上映時宣傳規模不大，在全日本也僅只二十一家戲院播放。不過在觀眾口耳相傳之下，最後不僅在超過一百家以上的戲院上映、得到幾座影展的獎項；甚至還於二〇〇七年在台灣搶先其他海外國家上映，DVD也已在台上市。因此，我才會推測也許你曾經看過這部動畫。值得一提的是，這部電影賣座的原因，除了電影本身的品質優良，還有另一重要因素；那就是《穿越時空的少女》週期性地被改編為影像作品，且每次改編都引起熱烈迴響。這種長賣的特性，已經稱得上是一種品牌的號召力了。《穿越時空的少女》第一次改編為影像作品，是NHK電視台在一九七二年播放的「少年劇系列」中的首部作《*Time Traveler*》。那時我還是小學生，已不記得所有細節，不過由於當時科幻劇並不常見，因此我清楚記得自己被那種不可思議的氣氛所吸引。到了一九八三年角川公司出品的《跳躍吧！時空少女》，更一舉打響了這部作品的知名度。當時的角川電影公司可說是電影界的新浪潮，再加上這是其時廣受年輕人歡迎的大林宣彥導演的「尾道三部作」中的第二部，因此它所引發的風潮幾乎成為一種社會現象。在那之後，這部作品還曾數次被改編成單集的戲劇，使它的名氣直到這部動畫作品問世時仍歷久不衰。也就是說，《穿越時空的少女》成了一則現代童話，在世代間被不斷傳頌著。讀過筒井康隆的原著之後，你也許會驚訝於它原來是這麼一篇小品；但其實這一點都沒什麼好大驚小怪的。因為它最早連載於《初三課程》和《高一課程》這兩本雜誌上。也就是說，這部作品原本是筒井康隆為了引領學子們認識SF的世界而寫的。但也正因如此，筒井特有的黑色幽默和怪異意象等「毒素」都刻意經過抑制，而時間旅行的不可思議之處、關於失去的悲哀（例如與自己所愛的人有關記憶遭到消除一事有多痛苦），這些能夠喚醒所有人心底童心的共鳴元素，都用直接的方式表現出來。筒井在這部作品中刻意隱藏自己的特質，卻換來更多讀者的支持；從這一點來看，這實在是一部相當特別的作品。

《富豪刑事》徹底將「方便主義」發揚光大

發表順序上排行第二的《富豪刑事》（一九七八年），則可說是一部作者在寫作時清楚意識著自己在創造虛構的事物，並以此為樂的作品。這部小說也已經改編成影像作品，即二〇〇五年一～三月首播的《富豪刑事》和二〇〇六年四～六月的《富豪刑事Deluxe》。雖然在改編的連續劇中，主角由男性（小說原本是神戶大助）變成了女性（劇中人為神戶美和子）的作法得到的評價毀譽參半；但其實這部作品中不可或缺的要素，是主角（一位富豪的繼承人，擁有足以實現一切願望的財富，並利用其財力破解各種案件）與正常人大相逕庭的思維。因此在劇中扮演女主角的深田恭子，那種不諳世事的公主性格，讓我覺得再適合不過了。我之所以這麼認為，是因為這部作品的主題就是「方便主義」吧。

提到連續劇讓我想到，在大受歡迎的連續劇〈古畑任三郎系列〉裡，當所有證據都串聯起來時，必定會穿插古畑任三郎直接對觀眾說話的場景。有人說這是向艾勒里・昆恩（Ellery Queen）挑戰讀者的手法致敬，而同樣的場景在《富豪刑事》當中也可以看到。不過，筒井這樣安排，並非為了將解開謎題的關鍵全部攤在讀者面前，而是因為作中人物都知道自己是虛構人物，也對此樂在其中（在古畑任三郎系列當中，上述兩種考量應該各佔了一半比率）。故，就像筆者在最前面所提的，筒井康隆是一位清楚意識到文學世界本身的虛構性，並且樂在其中的作家。「方便主義」的寫作方式，日文稱作「御都合主義」，通常被解釋為「作者用勉強或粗糙的方式安排故事，以使情節比較容易處理」。特別是若從寫實主義的角度來看，這種手法總是難免受到批評。不過，若讓筒井發表意見，他一定會說：「想盡辦法不用方便主義的寫法，說穿了也是作者的刻意操作，那麼和作者刻意選擇方便主義的寫法又有什麼分別？」

筒井康隆是一位不斷試圖超越常識的SF作家。他之所以提筆寫推理小說，「很喜歡這個文類」這個單純的動機自然是理由之一。但我想另一個理由在於，推理小說這個文類的基本原則在於精密的解謎過程，並且講求合理性。也就是說，筒井刻意用推理小說寫作上視為禁忌的方便主義寫法，來進行他個人的寫作遊戲。比如說，在一般人掉入主角神戶大助設下的陷阱而犯罪時，看似好像是使其鑄成大錯，結果卻反過來發現那個人原本就是個罪犯。像這種牽強的情節，絕不可能見容於一般的推理小說當中。況且說穿了，為了調查案件什麼手段都使得出來的富豪刑事（甚至可以特地成立公司）這種設定，本身就是一種方便主義的體現。我認為，作者與讀者之間必須存在著一種共識——大膽地碰觸傳統推理小說的禁忌，以輕鬆的心情、毫不費力地在虛構世界玩耍——才能充分享受《富豪刑事》這部作品。

說穿了，筒井並不是在寫推理小說，而是藉由推理小說大玩寫作遊戲。當然，正如推理作家佐野洋和栗本薫所指出的（註3），他的作品仍舊具備了推理小說的基本條件，也有解謎情節，然而，想必這些都是為了以神來之筆的方式寫作推理小說所做的準備。畢竟遊戲如果不認真玩就不好玩了嘛！所以從這層意義上來說，就算在推理小說此一文類當中，筒井康隆行進的路線也位於離樸素的寫實主義最遠的位置。

《四十八億的妄想》——打破虛構與寫實分界的紙上劇場

前面談到《富豪刑事》當中有登場人物直接對讀者說話的場景時，我提到之所以穿插這種場景，是因為要呈現「作中人物都知道自己是虛構人物，並且也對此樂在其中。」像這樣連接虛構的世界和讀者的作法，在戲劇當中稱作「打破第四道牆」。所謂的「第四道牆」，是指虛構世界和觀眾（讀者）所在的現實世界之間的分界線。常見的後設小說（Metafiction），幾乎等於打穿了第四道牆。這在劇場界是常見的手法，而筒井康隆也讓他的小說大搖大擺地來往於虛構世界和現實世界當中，這種風格其實在他的首部長篇小說《四十八億的妄想》當中便已萌芽。三浦雅士簡潔地這樣描述這部作品：

《四十八億的妄想》可分爲兩個部分。第一部當中發生的所有事情，如交通意外、政治事件、法庭審判及葬禮、友情和結婚的情節，全都是爲了上電視搶鏡頭而發生的。在第一部中，他用各種手法描述這些事情的來龍去脈，可說是對「現代」的「報導」。到了第二部，原本這些爲了上電視模擬出來的事件，卻一一發生在現實當

註3　參照佐野洋〈關於筒井康隆的《富豪刑事》〉（《富豪刑事》後記　新潮文庫 1984.1）

中。例如第一部中的模擬海戰，到了第二部卻變成一場眞正的海上衝突。也就是說，在第一部當中，現實都成了虛構；而在第二部裡，虛構反過來成了現實。（註4）

模擬現實成為電視上播放的內容，而這些內容又反過來變成現實的事物，顯而易見地，他的書寫策略是打穿現實與虛構內容之間的牆壁。《四十八億的妄想》發表於一九六五年，那時正好是所謂「新．三種神器」之一的彩色電視逐漸開始普及於一般家庭的時期，讓人佩服他前瞻性的視野。將近三十年後，到了即將邁入電腦時代的一九九二年，他寫了一篇以電腦通訊為主題的小說《清晨的加斯巴》，試圖打破一道新的牆壁（當時，日本的網際網路尚未普及，通訊方式仍屬於會員之間的封閉式網路服務）。筒井首先嘗試打通讀者和創作者之間的牆。由於這是一篇每天在報上連載的新聞小說，所以他利用這種特性進行一場文學實驗，號召讀者參與創作，也就是透過電腦通訊和信件募集讀者意見，並且將它們反映在作品當中。之後，筒井採納讀者的意見，呈現出他最擅長書寫的多層構造世界。這部作品中的多層構造，包括了「網路遊戲『夢幻游擊隊』的世界」、「沉迷於『夢幻游擊隊』的貴野原等玩家的世界」、「描寫貴野原等玩家的作家櫟澤與編輯的世界」、「被穿插在故事中，來自電子佈告欄與讀者來函意見與筒井康隆的世界」、「位於故事之外的筒井康隆和讀者的世界」。想要知道他是怎樣打破這麼多層世界之間的牆，只有實際讀過作品之後才能了解。我相信讀者一定能體會到被迫放棄虛構和現實之間的認知分界時，那種混沌不清的樂趣。附帶一提，《清晨的加斯巴》同時也獲得了一九九二年的「日本ＳＦ小說大獎」。

《盜夢偵探》展現橫衝直撞的想像力

最後一部是發表於一九九三年的《盜夢偵探》。關於這部作品，我只想簡單加以說明。這部作品也已經於二〇〇六年改編為動畫電影。大略而言，這部作品延續了前面提到的《四十八億的妄想》那樣打破虛實之分界的風格，並且綜合了現在仍然受到許多讀者支持的「七瀨系列」（擁有超能力的美麗女主角大展身手的一系列作品）那樣具有魅力的女主角，以及在〈夢之木坡分歧點〉當中深入探討的「夢」這個主題。這樣的說明也許並無法幫助讀者了解內容，但可以確定的是，這是一部具有戲劇性與娛樂價值的作品。《穿越時空的少女》和動畫電影有段落差；而《富豪刑事》對於一位講求推理小說味道的該類書迷而言，可能不合胃口甚至招致反感；至於《清晨的加斯巴》則又因為連載時設在作品中的機關太過特殊，使得這三部作品必須在具備一些

註4　參照三浦雅士〈解說〉（《筒井康隆全集2》　新潮社　1983.5）

預備知識的狀況下才較容易理解。相較之下，《盜夢偵探》放在四部作品當中來看是一部娛樂性特別高的作品（主角是一位「夢偵探」），我想讀者不需要任何解說，拿起來讀了便是。

＊　＊　＊　＊　＊

回顧這篇文章所說的，有許多地方難免顯得多餘，甚至也有違當初我表明不提及作品內容的原則，不過在我來說，我已經把想寫的都寫完了。雖然不好意思要求大家繼續看我廢話連篇，不過在停筆之前，我還想說一件事：可以的話，希望各位讀者能夠追隨筒井横衝直撞的想像力直到最後，特別是《清晨的加斯巴》和《盜夢偵探》。這樣一來，也許你或多或少會改變對日本文學（美麗卻灰暗）的看法。身為筒井的書迷，衷心希望藉由此次中文版在台問世的機會增加更多我的同好。

作者簡介／橫路明夫

日本國立東北大學文學研究所日本文學研究碩士。一九九〇年來台，現任輔仁大學外語學院日文系副教授。研究領域為日本近現代文學。著有學術論文〈筒井康隆『関節話法』論——『親方』からの逃走〉等多數。

第一章

富豪刑事的誘餌

（本文在場景的切換採用「同時性」敘事方式，此乃作者的巧思創意。）

「諸位，還剩下三個月，五億圓搶案的七年追訴時效就要過了。」

特別搜查總部組長福山警視（註）那張酷似艾佛烈・希區考克（Alfred Hitchcock）的肥臉難掩灰心的表情，掃視著二十名刑事。「這起案子，總計投入大約二十萬名警力，徹查了十五萬名嫌犯資料，搜查報告塞滿了一整間資料室。」

「話雖如此，還是把嫌犯名單縮小到四個人的範圍，所以之前的搜查並非白費。」在案發當時已經是搜查員的狐塚刑事，以挑釁的眼神望向福山。福山剛到這個警署，接下最近退休的前任組長職位。

「不，我並沒有說搜查是白費的。」

福山急忙辯解，然而狐塚無視於他，露出尖牙，瞪視全員。「關鍵線索的特殊塗漆，我們在專賣店查到只賣給五十六個人。在這五十六人當中，買了那種大便色的……」

「是米黃色吧？」布引刑事從旁插嘴。缺了一顆門牙的他，長相神似艾佛瑞・紐曼（Alfred Newman）。

「買了米黃色漆罐的有十八人。在這十八人之中，有三人是女性，剩下的十五人當中……」

「有兩人是老人。」布引接口說道。

註：日本警察制度的階級，由下而上依序為巡查、巡查長、巡查組長、警部補、警部、警視、警視正、警視長、警視監、警視總監。

「有兩人是六十歲以上的老人。剩下的十三人，不會騎車的有三人，扣掉這些，所以還有十人。」

「等一下、等一下，這三人真的可以從嫌犯名單中剔除嗎？」福山組長急忙問道。「就算沒有機車、駕照，也有可能自己偷學啊！」

狐塚一副「事到如今還說這些幹嘛」的表情，朝半空中翻了個白眼，重新轉向福山。「這三人都不會這麼做，因為有兩人是小學生，剩下一人是……」

「只有一條腿。」布引說道。

「肢體殘障，沒辦法騎車。」狐塚改口說。「這樣一來，就剩下十個人。其中三人確實有不在場證明。」

福山組長這次有點客氣地問：「這三人的不在場證明沒辦法破解嗎？」

「一人用塗漆在大學校舍的牆上塗鴉，批評資本主義，案發當時被拘留在局裡。另一人在案發數天前病死；也就是案發當日，他在天國。」狐塚一本正經地仔細回答，「最後一人，當時正在出席縣警總部的會議；也就是我們的署長。他本人表示塗漆是用來油漆庭院裡的兔舍，需要再次確認此人的不在場證明嗎？」

福山咳了一聲：「不，這就不必了。」

「剩下七個人。」狐塚大聲說，「其中三人確實沒有使用塗漆。當然，我們在本人不知情的狀況下調查並確認過了。其中一人在油漆店買了塗漆後，立刻在門口跌倒，漆罐的蓋子脱落，油漆潑了一地，搞得天翻地覆，這件事已經由商店街的許多民眾證實了。剩下兩人，漆罐還擺在庭院和倉庫裡。」

「剩下四個人！」一旁的布引吆喝似地叫道。

「記得鵝媽媽童謠裡有一首歌名叫十個小印第安人。」猿渡刑事竊笑，朝一旁的大助低語。

「有什麼好笑？不許私下交談。」狐塚瞪了猿渡一眼，看到大助叼著雪茄，於是揚起一邊嘴角，露出犬齒。「神戶，不許在這裡抽雪茄！」

「啊，抱歉。」大助慌忙摁熄才燒了一、兩公分的雪茄，那支雪茄斷成兩截，他毫不惋惜地把它扔進鋁製菸灰缸裡。

「狐塚兄自己剛才不也在抽菸嗎？」猿渡諷刺地笑道。

「紙捲菸可以，雪茄不行！」狐塚橫眉豎眼地說，「有人在旁邊大口抽著一支八千五百圓的哈瓦那雪茄，教人怎麼談公事？」

「這算是一種歧視吧？」猿渡依然面露冷笑，替大助辯解。「人家神戶也只抽雪茄嘛。」

狐塚瞪向猿渡，一旁的布引同樣露出挑釁的笑容說：「喂喂喂，身為刑事，替有錢人說話可別表現得太露骨啊。」

「喔，那個大富豪神戶喜久右衛門的公子就是你啊！」福山組長睜圓了小眼睛，朝大助探身說道，「我從署長那裡聽說了。」

「言歸正傳！」狐塚吼道，「還剩下四個人。」

「四個，四個喔。」布引刻意伸出四根手指頭，向全員點頭確認。

「這四人在案發當天都沒有不在場證明，而且有機車，年紀都在二十五歲以上，比對目擊證詞繪製的犯人肖像，說像也很像，而且他們都買了塗漆。不過，那些塗漆有沒有用過還不清楚。警方已針對這四人展開盯梢，由於是暗中進行，所以還沒進入正式訪查，當然也沒有搜索住處。」

「可是，只剩下三個月了。」福山組長有些不安地對狐塚說，「是不是在時效到期以前，趕快把那四人列為關係人，然後搜索住處……」

「我們考慮到，」狐塚壓低嗓音說，「嫌犯可能不會把錢藏在家裡。一旦把他們列為關係人展開調查，他們今後隨時都會受到警方盯梢，自然不會接近藏錢地點。我認為不到迫不得已的階段，最好避免貿然調查，以免引起他們的戒心。」

「三個月算不算緊迫，看法因人而異哪。」

福山一臉不平地喃喃自語，狐塚又轉向他略施一禮。「當然，如果組長下令立刻傳喚他們，我也不打算固執己見。」

距離狐塚和福山最遠的猿渡以尖銳的嗓音說：「不過，犯人一旦發現自己被列為嫌犯，也有可能變更藏錢地點，做出自掘墳墓的行為。」

狐塚拱著肩，對猿渡投以輕蔑的眼神說：「當然啦，確實也有那種搶匪。不過以這起案子來說，你覺得想得出這種犯罪手法的傢伙，會做出那麼愚蠢的行為嗎？」

「難道就這樣一直跟監，直到時效到來的最後一刻嗎？」福山組長用手指在桌上畫著無限大的記號說道。這似乎是他煩躁時的習慣動作。「不想想其他方法，只是一直盯梢嗎？」

狐塚有些結巴地回答：「這……，應該採用暗中跟監的方式，同時徹查他們周遭的人事物，不過基本上還是……」

「不好意思……」坐在最靠近門口的大助戰戰兢兢地舉起手。「我有個提案。」

福山一臉不悅地點頭。「說說看。」

「搶匪只要開始花錢，藏錢地點應該就會曝光。所以，我認為只要讓這四個人花錢就行了。」

福山睜圓了眼。「怎麼做？」

「我隱瞞警察身分，接近他們，然後設計讓他們大肆揮霍。」大助悠哉地說道，

「若採用這種方式，應該也可以同時進行盯梢。」

「你要怎麼設計？」狐塚以一種看髒東西的眼神望著大助說道。

「哦，」大助白皙的臉頰微微泛紅。「這一點我還沒想到，不過就配合對方，隨機應變……」

「真荒唐。」布引誇張地苦笑。「神戶，這種案子啊，除了縝密的搜查計畫，還需要精確的計算。光憑直覺行事，犯人才不會中了咱們的圈套呢！」

「不，我覺得這是個很不錯的方法。」猿渡開始聲援大助了。「姑且不論其他人，神戶最適合這個角色不過了。」

「為什麼？」

福山組長從剛才就顯得興致勃勃，眼神熠熠生輝地聆聽著。猿渡轉而向他解釋：

「讓別人花錢，自己也得先花錢給別人看，想要不著痕跡地設計對方揮霍，這是最好的方法。神戶是我們當中最年輕的一個，應該很快就可以和那四人打成一片。如果搶匪就在那四人當中，為了結交神戶這個朋友，應該會忍不住花錢。就算神戶沒有意識到這一點，任何人只要看到他花錢的樣子，自然也會想擺闊。」

「難道你也是這樣嗎？」福山看到猿渡公然支持大助的提案，露出有些警戒的眼神說道。

猿渡毫不猶疑地回答：「因為我沒錢，從一開始就死心，不會興起那種念頭。但是搶匪不同，再怎麼說，搶匪手中都握有五億圓現金啊。」

「和嫌犯交朋友，萬一刑事的身分被識破怎麼辦？」狐塚依然板著一張臉。「要是那樣，情況就無法挽回了。」

猿渡抓準時機大笑說：「怎麼可能被識破？出門開凱迪拉克代步、雪茄抽不到一半就扔掉、老是亂丟十萬圓以上的打火機、穿著英國進口訂製西裝淋雨……，哪裡找得到這種警察？要是神戶露餡，露的也是有錢人的餡，他越露餡，就越不像刑事。」

「你老是這樣嗎？」福山組長一臉驚愕地看著大助。「把十萬圓以上的打火機到處亂丟？」

「才沒有亂丟，我又不是老是這樣！」大助瞪了猿渡一眼，漲紅了臉，轉而向福山辯解，接著有些焦急地皺眉說：「組長，您意下如何？請務必讓我接近那四名嫌犯，我認為這方法值得一試。就算進展不順利，我也不會妨礙接下來的搜查。當然，我會使盡各種手段來隱瞞身分，直到最後一刻，也不會讓刑事的身分曝光。要不然暫時解除我的職務，讓我以個人身分接近嫌犯也行。」

「唉，場面話就不必了。」福山用力點頭。「好，那我就許可吧。把你的個人財產用在搜查上我雖然有點介意，不過刑事在私底下認識關係人並花錢的例子也不是沒有。唔，等案子解決以後，再看看那筆錢能不能以搜查費用申請吧。」

「這是組長憑一己判斷所做出的許可吧？」狐塚因為福山沒有和他商量，大刺刺地露出不滿的表情說道。

「沒錯。」福山回瞪狐塚。「是我不聽你們的意見，擅自准許的。」他轉向大助，朝對方點點頭說：「放手去做吧。但是有一點要注意，嫌犯並非犯人，甚至還談不上像犯人。不管對方是什麼樣的人，若只是有嫌疑，就必須視對方為清白的老百姓。此外，這四個人也有可能都不是犯人。無論如何，千萬別給他們添麻煩，知道嗎？」

「這一點請組長放心。」大助用力點頭。

猿渡跟著一起點頭，插嘴說：「反倒說，這四人將會吃上不得了的苦頭呢。」

「不用你多話。」福山厲聲對猿渡說道，然後又掃視全員說：「那麼，請跟蹤這四名嫌犯的刑事各自報告進度。」

鶴岡緩緩探身向前，從口袋裡掏出記事本。他的體型瘦削、戴眼鏡，比起刑事看起來更像學者。「那麼我先開始——」他看了大助一眼，清了一下喉嚨。「我負責盯梢的，是一名叫作幡野哲也的三十歲男子。案發當時二十三歲，他是相機店的店員，與母親住在一起。住家是父親留下來的獨棟建築，他自己有一個房間，算是實驗室或工作室。換句話說，他是個發明狂，喜歡各種機械，可能是這個原因，才會有機車吧。皤野很聰明，事實上，他曾經在各種發明競賽中入圍過好幾次。老實說，我認為皤野一定是犯人，因為他工作的相機店星期二公休，每到星期二，他就會帶著自己發明的東西和設計圖到專利事務所申請專利。根據和皤野認識已久的專利事務所職員證實，他總是抱怨缺錢做研究。聽說皤野在大學時代是個非常優秀的人才，我認為那種犯罪，沒有他這等聰明的腦袋是想不出來的。至於抱怨缺錢，我也解釋為他在埋怨無法公然使用贓款。證據就是，隨著時效逼近，他顯得越來越興奮。其他也有許多啟人疑竇之處，不過多半是我的直覺，等一下再慢慢告訴神戶吧。」

鶴岡「啪」的一聲闔上記事本，身體靠向椅背，布引接著開口：

「我盯梢的對象也很可疑。我認為這個名叫須田順的二十八歲男子才是真兇。為什麼？這個姓須田的人，家境清寒，本人也十分貧窮，自己在外面租屋獨居，極端痛恨有錢人，老是咒罵自己任職的建設公司社長和頂頭上司。當然，這些壞話他不敢對同事說，那麼他對誰說呢？他家附近有一攤他經常光顧的關東煮小吃攤，這個老闆也很討厭有錢人，所以兩人一拍即合。他的興趣是騎車，但主要用來通勤。他下班後總是把機車停在攤販前，一邊小酌，一邊和老闆閒聊，這也算是他的樂趣吧。他以優異的成績自一流大學畢業，在公司裡卻莫名其妙遭人排擠，感覺積怨頗深。我認為他之所以能夠忍住沒有爆發，是因為握有五億圓現金。」

福山組長伸手制止道：「唉，你的推論等會兒再慢慢告訴神戶吧。接下來輪到誰？」

「雖然對布引過意不去，不過我認為我跟監的對象毫無疑問就是犯人。」狐塚得意地笑道，「我跟監的對象名叫早川昭彥，今年二十七歲，案發當時才二十歲，感覺太年輕了，可是此人自小就是個聰明狡猾的傢伙，還有偷竊癖，時常以超乎同齡小孩的精明手法在店家竊取金錢，幸好他當時未成年，僅接受輔導了事，因此沒有留下前科。不過啊，聽說他是那種想要錢就按捺不住的個性，所以到了高中還改不了這個壞毛病，然而一進入大學，就立刻金盆洗手了，令人費解。這一點姑且不論，他在外租屋獨居，沒有一樣工作做滿一年，現在則是遊手好閒。他的興趣是飛靶射擊。搶到了鉅款，卻無法盡情揮霍，我想他是藉由射擊來排遣內心的鬱悶，不過這只是推測。因為沒錢，所以他不會去打獵。相反地，他的射擊本領相當高強。至於機車，則是用來往返郊區的射擊場。大概是這樣，如果神戶想知道更詳細的情形，等會兒要聽多少我都會告訴你。」狐塚露出壞心眼的笑容，有點賣關子地說道。但因為福山在場，他又補了幾句：「我個人並不欣賞這種搜查手法——用誘餌啊圈套來揪出犯人，不過既然已經決定方針，我當然會盡全力協助。我最痛恨小家子氣的行為，各位負責人今後也

第一章　富豪刑事的誘餌

會在神戶接近嫌犯的同時繼續盯梢，若有任何發現，我會立刻通知神戶，也請各位務必這麼做。」狐塚刻意炫耀自己的肚量，又立刻露出獠牙說：「還有，有件事我想跟神戶確定一下。萬一犯人以外的嫌犯在與你交往的過程中花錢，他們應該是勉強籌錢來花用。案子結束以後，你個人會以某些形式補償他們浪費的金錢吧？不是不是，我不是在問你，」狐塚瞪著一旁又想開口的猿渡說，「我是在問神戶。」

「你說的沒錯。」大助點點頭說，「在不得不大肆揮霍的情況下，犯人以外的人若因為沒錢而覺得被利用，精神上可能會遭受一些挫折，但金錢方面並不會有損失。然而，其中也有人並非如此吧。當然，我會做好萬全準備，不讓他們為了弄到錢而做出無法挽回的事，但是他們平白浪費的部分，我一定會在事後奉還。至於他們所遭受的精神打擊，我也會設法以某些形式補償。」

「真闊氣，開口閉口都是錢。」狐塚惺惺作態地打趣說，「這麼可笑的搜查會議，我還是第一次碰到耶。」

大助的臉唰地泛紅，難為情地垂下頭。

全員哄堂大笑。笑聲平息後，這次輪到猿渡報告了。

「坂本一輝，二十九歲，我認為這傢伙才是犯人。他擁有大學學歷，現在卻從事酒保工作，租公寓獨居。他老是對客人說自己快要有店面了，要客人開幕時務必光臨。其實他很窮，根本不可能自己開店。他的興趣是騎車和打撞球。機車主要用來載年輕酒女到郊外約會。至於撞球，他擁有職業級的水準，總是利用這項本事騙取冤大頭的錢財。我知道神戶打得一手好撞球，在球場接近這名男子應當得心應手。」

「唔，這就讓神戶自己去傷腦筋吧。」福山組長看著時鐘，浮躁地站起來。「剩下的細節，你們等一下直接告訴神戶。現在媒體蜂擁而至，正在等我這個搜查總部的新組長發表就職感言。當然，剛才的決定我會暫時保密。那麼，會議到此結束。」

「如此這般……」大助望向桌子，含糊不清地說完，一口氣喝光晚餐後的咖啡，轉向輪椅上的父親。「首先，我必須接近那個發明狂。我認為最好的方法是在專利代理事務所向他搭訕，但是我得帶一些發明或設計圖過去才行。那只是用來製造話題，好向他攀談，所以就算是很幼稚的東西也行。可是，就連幼稚的發明我都想不出來，現在正在發愁呢。」

神戶喜久右衛門原本背對著大助，隔著玻璃門遙望陽台的彼端，數十盞庭園燈照亮了院子裡深邃的樹林。此時，坐著輪椅的喜久右衛門整個人轉過來，滿是皺紋的臉孔扭曲得很厲害，一雙老眼通紅，淚水滑過淡褐色的臉頰。

「又來了嗎？」大助心想，真是覺得有點受不了。

「你總算能夠負起這樣的重責大任了。」喜久右衛門吸著鼻涕，抽抽噎噎地說了起來。「我年輕時無惡不作，滿腦子只顧著賺錢，為了獲利不擇手段，殘酷無情。我曾經讓許多人痛苦、哭泣，有時候甚至把他們逼上絕路。連你母親都忍受不了我的殘忍無情，撒手人寰了。即使如此，我還是毫不在乎……，直到我活了這把歲數。事到如今，我才明白金錢無法帶來心靈上的平靜，可是已經太晚了。一旦錢賺到一種地步，不僅無處可花，不管把錢花到哪裡，它都會帶著多餘的利息回來。我的財產日益增加，我的罪惡感卻與日俱增啊！」喜久右衛門抽噎了一下。「你是個好孩子，當上了刑事，為正義而戰，我真是欣慰極了。去吧，盡情地戰鬥吧！為了正義，就算把我全部的財產花光也無所謂，這也算是為我贖罪。把我的錢全都用光吧！」老人痛哭流涕地說，「把我的罪孽洗乾淨吧！你就像上帝派來替我用光不義之財的天使啊！」喜久右衛門終於嚎啕大哭了起來。

大助盯著父親，擔心他會不會突然發作。不出所料，喜久右衛門的痰卡在咽喉，又被淚水嗆住，翻起了白眼。

「你看，又發作了！」大助急忙起身，大聲叫喚：「鈴江，鈴江！」

在鄰室待命的祕書鈴江趕到餐廳，拍打老人的背，服侍他喝水。

「您又說了什麼惹老爺哭啦？」鈴江睜著一雙骨碌碌的大眼瞪了大助一眼。

「是他自己要哭的。」大助說。「我只是在談工作上的事。」

「老爺最近發作的次數越來越多了。」鈴江一邊照顧喜久右衛門，一邊擔心地搖頭說道。

「今後妳也一起用餐吧。」

「少爺不在的時候，我都會服侍老爺用餐。」

「我在的時候也一起吧，我不曉得該怎麼照顧他。」

聽到大助的話，鈴江一瞬間眼睛為之一亮，但隨即又垂下視線，喃喃地說：「請少爺別對我太好，別把我當成一家人，我實在承受不起，會遭天譴的。」

「妳和我們早就是一家人了吧？」大助露出詫異的神情說，「還是妳依然對我父親懷恨在心？」

「絕對沒那回事！」鈴江激動地搖頭。「我父母過世是因為生病，絕不是喜久右衛門老爺自認為把家父的公司逼到破產所致。老爺還供我唸東京的女子大學，除了住宿費，每個月還會給我花不完的零用錢，畢業後更提拔我擔任祕書……」

「啊，不要緊，已經不要緊了。」喜久右衛門大口呼吸，肩膀劇烈起伏，他輕拍鈴江的手說，「謝謝妳，我不哭了。話說回來，關於剛才的事……」老人對兒子說，「我剛才發作到一半就想到了，大約在二十年前，我曾經在某處蓋了一間研究所，開發新產品，後來就這麼擱著不管了。我記得那家研究所後來持續在經營，請鈴江把那裡的所長叫過來就行了。原本是因為一些窮發明家沒錢把自己的發明商品化，甚至連專利都拿不到，所以到我這裡推銷，那些專利和新型專利的文件太多，堆積如山，所以我才把那些授權全部買下來，蓋了那間研究所，研究該怎麼把它們商品化。之後應該陸續也有人來推銷新發明，你就從裡面隨便找一個還沒申請到專利，還沒問市的東西吧。」

「太好了。」大助眼神閃閃發亮地說，「太講究的東西也不行，我就找兩、三個不怎麼樣的發明帶去吧。還有，我想在家裡找個房間改成研究室。」

「地下室最大的房間感覺很像研究室，就用那個好了。」老人略顯疲態，無力地說，「我忘了是什麼時候在那裡養了兩條六公尺長的錦蛇，還派了一名飼育員照顧。那些錦蛇跟飼育員現在不知道怎麼樣了？應該一直都有餵食。不過，我想蛇可能已經死了，牠們總不會自己繁殖吧？我記得那種蛇一胎可以產下幾百顆蛋……」

鈴江暈倒了。

「不好意思，可以請教一下嗎？」大助在專利代理事務所的接待室，小聲地詢問坐在一旁的幡野哲也。「有件事我始終不明白。」

「咦？什麼事？」幡野抱著好像設計圖的紙筒，正在打瞌睡，他有點不高興地挺起上半身。

「啊，不好意思。」大助撫摸著像是裝著發明物的紙箱，有些害臊地環顧四周，有幾名訪客正在豎耳偷聽。「其實，不曉得我這個發明算是專利還是新型專利……」

幡野露出一種「連這種事都不知道還來幹嘛」的表情苦笑。「我也不曉得，那要看你的發明是什麼。」

「其實是這種東西……」

大助正要打開包裝，幡野瞪圓了眼看著他說：「喂，等一下！紙箱裡裝的該不會是你的發明吧？」

「是啊！」

「你第一次來專利事務所嗎？」

「看得出來嗎？」大助搔搔頭說，「我是個菜鳥，還搞不清楚狀況。」

「我想也是。」幡野一臉驚愕地看了大助一會兒，湊近低聲說：「人好也該有個限度。對於自己還沒申請專利的發明，人人都保密到家，不讓他人看見，這是理所當然的常識。而你竟然在發明狂齊聚一堂的地方炫耀自己的發明？你是想讓別人偷走你的點子嗎？」

「這麼說來，的確有這種感覺。」這次輪到大助睜圓了眼。「這裡的人都這麼虎視眈眈嗎？」

「噓！」大助的大嗓門讓幡野著了慌，他望著不相干的方向，故意大聲說：「不過，到底是專利還是新型專利，最好還是找專利代理人商量一下吧，這就是專利代理人的工作嘛。」

「可是，我是因為相信你，才找你商量的。」

大助一本正經地說，幡野有點不知如何應付，匆匆忙忙地站起來。「我也不是叫你不要相信我啦。你這個人真傷腦筋呢。那，我們先離開這裡吧，到外頭再告訴你。那裡有一家咖啡廳，我們去喝杯咖啡吧。」

「真不好意思。」

「我這人啊，就是沒辦法撇下你這種人不管。」

「可是不是快輪到你了嗎？」

「別擔心，祕書記得我。我是常客，大家都很熟了。」

「我覺得隱匿自己的發明，不想讓別人知道，是日本發明家最糟糕的通病。」兩人來到位在與事務所同一條路的一家雅致的咖啡廳，大助朝著對面的幡野提出這樣的見解。「我想，應該是圖利的慾望太強烈，怕自己的點子被盜用。可是這麼一來，需要集結眾人之力的大發明，就永遠無法實現了。」

大助的氣焰讓幡野有些吃不消，他一面點頭，一面撩起瀏海。他是個外表嚴肅，意志似乎頗為堅強的美男子。「說的沒錯。」他笑道，「不過你看起來是個好好先生呢。」

「可別小看我，我知道你在想什麼。」大助也笑了。「你想說，好好先生不一定能做出好發明，對吧！那麼請你看一下。」大助從口袋裡取出一份摺疊的設計圖，在桌上隨意攤開。「簡單來說，就是捉小偷的裝置。如果有人試圖撬開這道門，門廊的遮簷上就會落下網子，然後網子的四個角會在柱子底部自動固定，小偷被網住就逃不掉了。」

幡野露出憐憫般的冷笑說：「如果現在提出申請，應該是新型專利，不過這不會通過審核。」

「為什麼？」

「首先，小偷會攜帶必備工具，用刀子就可以輕易割破網子逃走。第二，假設小偷沒帶刀子，而他在好幾個月都不會有人出沒的別墅裡落網，那就糟了。小偷會活活餓死。如果當晚下雪或天氣寒冷，小偷到隔天早上就凍死了。」

「這一點我已經想到了。這個裝置的立意原本只是要當場逮住小偷，立刻交給警方處理，而不是抓住之後就扔著不管。關於你提到的第一點，在網子落下的同時，裝設的警鈴會大響，因此住戶本身或鄰居立刻知道有人落網了。只要趁小偷割破網子之前綁住他就行了。第二，在別墅或荒郊野外的住宅區，這個裝置派不上用場，所以也不必擔心會害死小偷，變成防衛過當。」

「為什麼？」

「這張網子一接觸到空氣，也就是落下來以後大約一個小時就會消失了。」

幡野略微探身叫道：「這東西才應該要申請專利吧！」

「咦？是嗎？我以為這種東西早就有人發明了。」

好一陣子，幡野露出難以置信的表情，吃驚地看著大助毫不留戀地摁熄才點燃的昂貴雪茄。

「話說回來，你都做些什麼樣的發明？」

「嗯，我是那個……」幡野突然臉紅了。

「唉，只是一些無聊的玩具。」幡野在捲起的設計圖上撫摸了一陣子，忽地眼睛一亮，指向大助膝上的紙箱說：「對了，那裡面裝著你剛才說的擒賊裝置模型嗎？」

「嗯，給你看看吧。」

大助從紙箱裡取出門廊部分的模型，那是二十分之一縮尺，幡野興致勃勃地觀察。「做的很精緻呢。」

「你用這把刀子的前端撬開門縫試試看。」

「這樣嗎？」

模型的門廊遮簷底下繃出一張小網，裹住了幡野握刀的手。

「就是這張網子嗎？」

「就是這張網子。」大助點點頭。「以真空包裝藏在遮簷底下。」

幡野一副重拾童心的表情，眼神閃閃發亮地說：「好精巧喔。看在門外漢眼裡，或許會以為這個機關像玩具一樣，沒什麼了不起。但我明白這玩意兒做起來耗時費工，要是向玩具廠商訂作類似的東西，恐怕要花幾十萬圓吧。這是你自己做的嗎？」

「嗯，最近我在家裡蓋了一間工作室，製作的設備大致都齊全了。」

幡野大聲呻吟，幾乎扭動身軀說：「真的嗎？」

「要來看嗎？」

幡野挺直背脊說：「可以嗎？」

「可以啊！你方便的話，等會兒就過來吧。」

「我要去！」幡野像個孩子般叫道，彷彿怕大助改變主意似地，匆匆站了起來，接著又說：「專利代理人什麼時候約都行。」

「我也是。」大助也站起來。「對了，我是開車來的。」

「我騎車。」

「那，你的車先放著，坐我的車去好嗎？」

「原來你是個大富翁啊。」幡野從凱迪拉克的副駕駛座瞭望神戶宅邸遼闊的庭園，茫然地喃喃說道。

「有錢的不是我，是家父。」

「那你就是啊。」幡野兀自點點頭。「話說回來，還沒到嗎？」

大助一邊開車，一邊揚起下巴指向正面說：「到了。」

幡野看到德國洛可可式的宏偉豪宅，張大了嘴說：「那是凡爾賽宮！」

「太誇張啦。」大助苦笑。

「你和令尊，還有誰住在那裡？」

「家父的祕書，還有女傭和執事（註）。」

「還有養羊喔？」

「不是啦，是執事，就是管家啦，喔，這位是濱田鈴江，就是我剛才提到的祕書小姐。」

大助直接在玄關大廳向幡野介紹鈴江。幡野看到她那楚楚動人的模樣，頓時感到心動不已。

「她也是上流家庭的千金吧？」

幡野在通往地下室的電梯中問道，大助一邊點頭一邊反問：「你怎麼知道？」

「她有一種氣質，」幡野嘆息說，「跟我是不同世界的人。」

「沒那回事。她覺得快過了適婚年齡，正在焦急呢。不然你向她求婚看看？」

幡野宛如置身夢境般，左顧右盼。「要是真能和那樣的美女結婚，我一定死而無憾！」

「就是這個房間。該說是工作室呢，還是研究室……」

「我還以為不管看到什麼都沒什麼好驚訝了……」幡野踏進地下室，看到裡面塞滿了大助從父親設立的研究所匆促搬來的實驗器具、電動機具、化學藥品等等，立刻讚嘆不已地說道。

接著，幡野開始忘情地看著幾樣發明品及試作品，於是大助開口了，「如果你願意，可以隨時過來使用。我一直想找一個可以討論的夥伴；一個像你這樣的朋友。」

幡野感激得說不出話來。大助目不轉睛地注視著他，心想，此人應該不是壞人，就算他是五億圓搶案的歹徒也一樣。

「請給我一盤關東煮。」

大助揭起布簾走向小吃攤的座位，一頭灰髮的老闆瞪了他一眼，滿臉不悅，以下巴朝著停在路邊的凱迪拉克比了比。「那輛車是你的嗎？」

註：日語的執事（sitsuzi）與羊（hitsuzi）的發音相近。

「是的。」

老闆和坐在角落喝酒的須田順對望了一眼，毫不客氣地打量起大助的裝扮。「開進口車到處跑的人，怎麼會想吃關東煮？這是有錢人的消遣嗎？」

須田從布簾底下望了那輛車一眼，告訴老闆：「那是凱迪拉克。」

老闆凶狠地瞪著大助說：「我想那輛車八成貴到讓人難以想像吧。這裡可不是供你這種有錢有勢的大老爺用餐的地方啊！」

「我一點都不有勢啊，而且有錢的是家父，我自己並不是有錢人。」大助邊說邊坐下來，「可以來一盤關東煮嗎？我餓了。」

「哼，原來是有錢人家的闊少爺啊。」

「喂喂喂，這話有點過分囉。」須田笑道，「不管老闆再怎麼討厭有錢人，客人還是客人啊！給他一份關東煮吧。」

「老子最痛恨有錢人啦。」老闆用力點點頭說，「是啊，老子最討厭有錢人啦。」他裝了一盤關東煮，粗魯地擺到大助面前，然後對須田說：「你剛才還不是跟我一起罵有錢人嗎？」

「唉，別放在心上。」須田朝大助點點頭笑道，「老闆就是這樣。」

「嗯，我不在意。」大助咬著蒟蒻，也朝他微笑。

「哦？這樣嗎？我倒希望你在意耶。」老闆氣得拿起水杯喝了一口。

「唉，俗話說有錢人不吵架，白損嘛。」須田打圓場說道。

「對不起，請再給我一盤。」大助遞出空盤子。「老闆的關東煮真是好吃耶。」

老闆哼了一聲，又裝了一盤關東煮。「奉承我也沒用，我最討厭有錢人了。」

須田捧腹大笑。「唉，有錢人也有好人。」

「你說什麼？」老闆瞪著須田。「剛才是誰說有錢本身就是種罪惡的啊？」

「這東西其實配酒應該更美味，」大助遺憾地看著須田的酒杯說，「不巧的是我得開車。」

「不用勉強自己喝便宜酒啦。」須田說道。

「這裡只賣便宜酒，真不好意思啊。」老闆又哼了一聲。「有錢人不會了解這種酒的美味。」

「我了解。」大助紅著臉噘嘴說，「對不起。請再給我一盤，蒟蒻多一點。」

「話說回來，你還真會吃啊。」老闆有些吃驚地看著大助。「我都已經給你特大盤了。」

「這裡的關東煮很好吃吧？」須田說道。

「嗯，好吃好吃，真好吃！發現一家好店了。這條路我每天都會經過，明天晚上我還會再來。」

「真是怪人。」老闆露出了不全然厭惡的表情苦笑道。

大助又追加了兩盤關東煮。

結帳時，大助赫然一驚，今天從警署回家時，在一個月前特地前往英國訂作的十套西裝送到了，所以他換了其中一套出門，卻忘了把現金放進口袋裡。

「不好了。」大助一邊摸索身上的每個口袋，一邊啐道。「我忘了帶錢。」

「你說什麼？」老闆原本似乎對大助稍微卸下心防，此時又把眼睛瞪得老大。「喂，別想愚弄窮人啊。像你這種有錢人，怎麼可能沒帶錢？」他盤起胳臂說，「你給我付錢。」

「我當然會付，可是……」大助驚慌失措，依然四處摸索。「呃，那個，我的信用卡放在車上，可以刷卡嗎？要是不行，我先把信用卡抵押在你這裡……」

「聽見沒？他說信用卡！」老闆朝須田點點頭。「有錢人就是這樣，令人厭惡，把別人當傻瓜嗎？竟然想在小吃攤刷卡？」老闆從攤子後面走出來，逼近大助恐嚇道，「好，我知道你這個有錢人很有信用，甚至還有信用卡。可是啊，那種信用在這裡是沒用的，你要是不乖乖付錢，我可要叫警察了！」

「千萬不要。」大助慌了。「我並不是在炫耀有錢。」說到這裡，大助的表情忽地一亮。「對了，車上有支票本，我有帶支票本。支票應該可以吧？」

「支票？」老闆幾乎要咬人般地大叫。「信用卡接下來是支票嗎？那種空頭支票有誰要！我們窮人啊，可是一點都不相信支票的！」

「這個老闆以為支票都會跳票。」須田以略帶同情的眼神望向大助。「好啦好啦，我幫他墊啦。」

「你用不著幫他付啊。」老闆吃驚地轉向須田說道。

「沒關係啦。就算窮，這點小錢我還出得起。」須田對大助投以笑容。「什麼時候還我都行，這個時間我大概都在這裡喝酒。」

「太好了。」大助感激地望向膚色微黑、長相端正的須田，鬆了一口氣。「明天晚上我一定還你。」

「他不會還啦。」老闆繞回攤子後面，沒好氣地說，「對有錢人來說，區區關東煮連零錢都算不上，根本不會放在心上。」

大助把一張只印了住址的名片遞給須田。此時，老闆連須田也開罵：「哼，你現在做的跟你平常說的根本是兩回事嘛。事到臨頭，竟然相信有錢人。哼，還去抱有錢人的大腿。」

大助回到車上，在駕駛座坐好之後，才發現一個紙袋扔在副駕駛座上，心裡

「啊」的一聲。今天是發薪日，竟然忘了薪水袋放在車上，大助低聲輕笑，發動後駛離。心想，明天晚上再來還錢好了，因為難得發生這起糗事，替他製造了接近須田的好機會。

「不好意思，可以一起嗎？」大助隻手拿著愛用的溫徹斯特步槍，走近早川昭彥說道。早川已經進入一號靶位，正在替折疊的雙管槍填裝子彈。

「哦，好啊。」早川冷淡地說道，隨意站著，就這麼進入射擊姿勢，「喝」的叫了一聲。

略微清脆的槍聲響徹周圍的山丘，從拋靶房射出來的飛靶化成黑白碎片，朝四處散落。早川一口氣命中雙靶和單靶。一號射擊台是公認最輕鬆的靶位，卻也最能看出射擊手的本領。「跟我勢均力敵呢！」大助觀察了早川的射擊技術，心裡立刻這麼想。他的射擊在警界裡也算是數一數二。

一號靶位、二號靶位、三號靶位、四號靶位，兩人在每個靶位都以零失誤挺進，原本面無表情的早川，看著大助的眼神逐漸散發光芒。接著，早川在五號靶位失誤了，顯然是沒有擺動槍身。「他開始注意我了。」大助心想。早川重試，命中。接著，雙方都毫無失誤地賽完一輪。過程中，兩人一直默默無語。當然，即使是表面上的稱讚，也會造成射擊手的負擔，所以不做多餘的交談才是禮貌。不過，兩人之間的緊張氣氛遠大於此。他們視彼此為勁敵，步步為營。

「你真有一手。」一回到休息處，早川立刻這麼說道。他一臉好強，極力展現區區失誤算不了什麼的氣魄。「你是第一次來吧？」

「嗯！」大助一邊點燃雪茄，一邊點頭。「你也很厲害，五號靶真是可惜了。」

早川不甘心地撇嘴說：「好久沒失手了。」

此人真好勝哪！大助心想，露出苦笑。「擺槍的時候，看到那個靶子會忍不住伸出槍呢。」他安慰說，「連老手都很難擊中。」

「你還要再射一輪嗎？」早川瞪視著大助問道。

「是啊。」大助望向拋靶房。

剛來的四、五個人，正把標靶交給拋靶員，準備開始競技。

大助慢慢將視線移回早川身上說：「要不要到無人的地方盡情比個高下？我第一次遇到像你這樣的勁敵呢！」

「可是，這家射擊場是這一帶客人最少的。」早川一臉訝異地說，「等那些人比完，我們再來單獨射擊。」

大助搖搖頭。「就算那樣，還是會分心吧。乾脆到我家怎麼樣？我家院子裡有飛靶射擊場。」

早川吃了一驚，毫不客氣地仔細打量大助，然後有點警戒地問：「你家有飛靶射擊場，那你幹嘛還特地跑來這種地方？」

大助把抽不到一半的雪茄摁熄扔掉，得意地笑道：「為了找勁敵啊！」

「你真是我的勁敵。」坂本一輝將撞球桿放回架上，光滑白皙的臉龐轉向大助笑道。「基本分數三百分，一次就拿到兩百五十分，這種人真的很少見。」

「連續比賽五天，卻能在其中兩天打敗我的傢伙也很少見。」大助模仿坂本粗俗的語調笑道。

「託你的福，」坂本以親熱的態度走近大助，在他耳邊呢喃，「害我連半隻肥羊也沒釣到，整整五天沒有收入耶。」

「哎呀，我沒發現，真是對不起。」大助大聲說道，然後也湊近坂本的耳邊說：「我自己不賭錢，所以疏忽了。那麼，為了表示歉意，請你喝杯酒吧。」

「真是不好意思。」坂本邋遢地笑個不停。

「這裡是會員制的俱樂部吧！」坂本被大助帶到一家高雅寧靜的俱樂部，他環顧店內奢華的裝潢，睜圓了眼睛。「而且是入會條件相當嚴格的會員制俱樂部，連我都知道，因為我……」坂本不好意思說出自己是酒保，有點支吾其詞。「我……我也是幹這一行的。」

「哦？」大助喝著白蘭地蘇打，若無其事地問道。「你也開這種店嗎？」

「不，不是這麼了不起的店，是……」坂本咳了幾聲，很快地抬頭，以一種挑戰的神情瞪視著大助。「總有一天，我會開一家這種店。嗯，我一定會成功的。」他喝了一大口白蘭地。「我打算在店裡擺撞球桌，就像國外的俱樂部一樣。」坂本喝了酒以後，變得有點饒舌。「在撞球場，沒辦法一手拿酒杯，一邊打球了。警察盯得很緊。」

「有個辦法可以馬上實現。」大助說，「你來我家就行了。我家的撞球室有個小酒吧，你可以喝喜歡的酒，一邊喝一邊打球喔。」

「聽說幡野整天泡在你家。」大助一回到搜查總部，鶴岡刑事就對他說，「那傢伙還是老樣子，沉迷於發明新玩具嗎？」

「好像大有進展。」大助點點頭。「有可能獲得專利，他最近樂不可支。」

「哼。」狐塚刑事坐在自己的位子上，極不爽快地哼了一聲。「那麼，查到了什麼？光是出錢協助那傢伙搞發明，對搜查也沒有幫助啊。」

「說到其他發現，」大助悠哉地說，「他似乎愛上了家父的美女祕書。」

「知道這種事有什麼用？」布引刑事肆無忌憚地嘲笑道。

「幡野也邀你去他家了吧？」鶴岡開口問道，「那個漆罐還擺在他的研究室裡嗎？」

「我沒看到。」大助搖搖頭。「應該已經拿去塗裝新發明的玩具吧。」

「你的意思是，油漆並沒有用來犯罪？」鶴岡聞言追問，「所以你是說幡野不是犯人嗎？」

大助猶豫了一下，點點頭說：「是的。」

「先別急著下結論吧！」福山組長說道。

「不僅如此，神戶似乎覺得須田也不是犯人。」布引對福山說道，然後詢問大助：「上個星期天你不是把那傢伙帶去你家嗎？不僅如此，你還能討關東煮老闆的歡心。」

「你為什麼覺得須田不是犯人？」福山組長皺眉說道，「現在就下判斷似乎還太早了點。」

「不，我還沒確定他不是犯人。」大助慌忙說，「只是，我覺得他這個人有很強烈的正義感。」

「還有什麼發現嗎？」福山半求救地望向大助。

「哦，此外，他好像也對家父的祕書……」

「他也愛上了令尊的祕書嗎？」狐塚苦笑。「傷腦筋。讓嫌犯迷上令尊的祕書，又能怎麼樣？早川好像也常去你家的飛靶射擊場，總不會連他都喜歡上她了吧！」

「早川這個人很好強，目前沒有透露任何口風，不過感覺他似乎也喜歡上家父的祕書了。」

「那麼情況進展得怎麼樣？」福山顯得更煩躁，用手指在桌上畫起無限大的記號。「你想到要怎樣讓那些人花錢了嗎？」

「關於這一點，目前還……」大助搔搔頭。

「只剩下兩個月了。」福山呻吟。

猿渡回來了。「坂本在任職的酒吧，不斷宣稱自己釣到一尾大魚。」他笑道，「坂本好像要神戶出錢替他開店。」

大助一臉納悶地說：「可是，他在我面前表現出一副已經有自己店面的模樣。」

「唔，這麼看來，他很可疑呢。」猿渡瞟著福山，假惺惺地自言自語。「他該不會想利用這一點，到時候用那五億圓開店時，就以這個當藉口開脫吧？」

鶴岡深思熟慮地問大助：「神戶，令尊祕書的芳名是……」

「鈴江，濱田鈴江。」

「那，坂本也愛上了那位鈴江小姐嗎？」

「嗯，他是個花花公子，不管對誰都送秋波。」大助笑道，「當然對鈴江也是。

他好像以為鈴江是上流家庭的千金，所以顯得更野心勃勃。」

「哦？」鶴岡又想了一下，重新轉向大助。「既然四個人都愛上那位鈴江小姐，應該可以利用這一點想出什麼辦法，像組長剛才說的，讓他們大肆揮霍。」

「對了！」大助拍膝，站了起來。「我想到一個好方法！」

「你說舞會？」喜久右衛門在輪椅上慢慢挺直了背。「好像很有意思耶，這棟房子裡已經有幾年沒辦過舞會啦？」

「您肯答應嗎？」大助鬆了一口氣，表情放鬆了下來。

「如果對你的搜查有幫助，我求之不得啊，來辦一場盛大的舞會吧。」老人招來在書房角落待命的鈴江，以手勢指示她記下要點，開始說了起來。「立刻準備邀請函，把有生意往來的公司還有銀行會長、社長、董事長都找來。政府部會首長就招待三、四個吧。有幾個外國人比較有趣，駐日大使也請五、六個過來。哦，全部都要攜伴參加。順便請幾個知名的外國女星吧，打電話給電影公司老闆，叫他派三、四十個年輕女星擔任接待。樂團方面，叫倫敦愛樂過來吧！」

「交響樂有點沉重。」大助連忙插嘴，「那個樂團的團員有一百多人，不需要那麼多人吧，倒不如請五十人左右的管弦樂團就可以了。」

「就這麼辦吧。曼托瓦尼樂團……，好像有點過時了。現在當紅的樂團是哪一個？什麼？波爾瑪麗亞樂團？那就請他們吧。還有，廚師當然要從法國請來，七、八個差不多吧。餘興節目就表演魔術好了，請馬戲團在院子裡表演，叫魔術師引田天功和木下馬戲團過來。什麼？現在來不及準備？我可不接受這種理由，一定要給我來得及。如果沒有這種規模，就不算是我辦的舞會。」

喜久右衛門繼續陳述他的計畫，鈴江不停地記錄，等到告一個段落，她鬆了一口氣，放下筆來。這次換大助說話了，「鈴江，希望妳也助我一臂之力。」

「什麼？」喜久右衛門的表情變得有點嚴肅。「不是什麼危險的任務吧？」

「不，若是有助於警方搜查，我樂意協助。」鈴江紅著臉說，「就算有危險也沒關係……」

「不會有危險的。」大助斷言說，「四名嫌犯都對妳傾心不已，所以我希望妳利用舞會接近他們、誘惑他們。」

「什麼？誘惑？」喜久右衛門瞪大了眼睛。

「哎呀，誘惑……，怎麼做？」

大助向她說明計畫。

「真教人不敢苟同。」

喜久右衛門一臉不悅地擔心鈴江的安危，鈴江朝他笑道：「不要緊，這點小事我可以勝任。我可不是永遠都是小姑娘呀。」她對大助點點頭。「換句話說，我是誘餌，對吧？」

「沒錯，妳是誘餌。」美麗的誘餌——大助原本想這麼說，猶豫了一下，還是吞了回去。

幡野覺得眼前的光景簡直就是另一個世界；截然不同的世界，與我居住的世界完全不一樣。

二十道玻璃門面對庭院大大地敞開，十二盞水晶吊燈燦爛輝煌地照亮大廳，打扮得花枝招展的人們在水晶燈下跳舞、歡笑、飲酒、談天。從大廳左右延伸的無數個房間裡，裝飾著世界各地的花卉，桌上擺滿了珍奇水果，料理與香檳桶接二連三地送來。年輕男女在打上數百盞庭園燈的草地上散步，聆聽優美的管弦樂曲。這些情景反而讓佇立在大廳角落的幡野顯得陰暗消沉，不由分說，這讓他意識到自己與這裡的人事物有多麼格格不入。

「沒想到這年頭真有這樣的世界，簡直就是古代的上流社會啊！在日本竟然也有這種事呀！」須田自以為認清現實。「過去的我，只知道社會的某一面，完全不了解實情，只會批評有錢人。」

須田為自己的穿著感到羞恥，拿著侍者遞過來的香檳酒杯，從剛才就一直坐在玄闢大廳樓梯底下不起眼的角落。若是走到寬敞的地方，肯定會被那些負責接待的年輕女星瞧不起。須田很氣邀請他的大助，也氣自己糊里糊塗就跑來參加。唯一認識的大助可能忙著接待客人，完全不見蹤影，須田看到舞會的場地這麼大，賓客這麼多，也提不起勁去找大助了。

回家好了——早川心想。自個兒不斷地虛張聲勢，讓他感到筋疲力盡，他自暴自棄地站在陽台上。乾脆喝個不省人事算了——雖然這也是方法，但他的自尊心不允許。在院子的一角，馬戲團似乎開始表演，現場響起一陣哄笑聲，但早川覺得那是在嘲笑他，因此感到更鬱悶了。

儘管坂本鼓起勇氣搭訕，但年輕女性完全不理睬，所以他再也提不起勇氣邀舞，只好大口喝香檳，煩躁地東張西望。出於職業的關係，他也經常出席舞會，但總是負責服務的一方。可惡，我永遠只能為人做牛做馬嗎？坂本一想到這裡，就感到心煩意亂。他拼命說服自己，我穿了最高級的服裝來赴宴，一點都不突兀，應該完美地融入其中。但是一想到自己在這些人眼中，充其量只是一個裝闊的窮酸男，便感到無地自容。算是他同事的服務生正在吧台調製飲料，他走到吧台旁，有一種找到安身之所的感覺，但又覺得這樣的自己窩囊透了。

「哎呀，原來你在這裡。」鈴江走到皤野面前。「我從剛才就一直在找你耶。」

幡野一開始以為來者不是在對自己説話，根本沒發現那是鈴江。當他察覺到一位身穿白禮服的美女朝自己走來，不想再受傷的本能讓他急忙別開了臉。

「鈴江小姐。」幡野眨眨眼，拼命克制自己的視線，避免被鈴江禮服大敞的領口吸引。「對不起，沒認出是妳。」

「真是的。」鈴江親熱地笑著，盯著幡野的臉説：「你怎麼一直都一個人啊。啊，如果不希望有人打擾，那真是抱歉了。」

才沒人想理我呢——幡野差點鬧彆扭地這麼呢喃，急忙搖搖頭。「不，沒那回事，我玩得很盡興。」

「喏，要不要跳舞？」

「咦？」鈴江踏近一步，須田聞到一股薰衣草的香氣，有點臉紅心跳。

「唉呀，女方竟然主動邀舞，真是太不端莊了。」

「不，沒那回事。可是我不擅長社交舞……」不敢乾脆承認不會跳舞的須田覺得很丟臉。

「不要緊，很多人舞技不怎麼樣也一樣在跳。哎呀，還是你不願意跟我跳啊？」

「怎麼可能？」須田沒想到鈴江會如此使壞，有點驚訝，身子略微往後仰。「沒那回事。如果只是一起踩踩步子……」只是踩踩步子的話，他曾經在喝醉時跳過兩、三次。

「嗯，當然好。不過你跳得真不錯呢。」

早川把手環繞在鈴江柔軟的腰際，卻緊張得無暇享受纖腰的觸感，全身僵硬，手腳不協調地舞動著。不過，幸好樂團開始演奏，那是適合老年人的懷舊疊步舞，看起來也不算僵硬。

不久，早川總算不再緊張，可以一邊跳舞，一邊正面欣賞鈴江美麗的臉龐。他開口問：「妳住哪裡？」從以前他就很在意鈴江是通勤還是住在這棟豪宅裡。

「我沒有自己的家，所以住在這棟房子裡。」

「哦，那簡直就像……」

「嗯，我就像養女。」

「那麼，妳和神戶……」

以後會結婚嗎？——早川原本想這麼問，又猶豫不決，鈴江善解人意地回答：

「我和他就像兄妹。」

「啊！」早川放了心，又太專注於談話，忘了留心腳下，於是絆了一下。「抱歉——」

「沒關係，你跳得很棒。」

「最近很少跳了。」坂本說。這支舞他雖然有點把握，但由於喝得微醺，加上女伴太美豔，他的腳步不禁變得凌亂。「妳真的好美。」為了挽回失態，坂本說道。

他原以為鈴江很習慣被這麼稱讚，沒想到她一下子羞得連耳根子都紅了。咦？坂本感到詫異。她意外地純情嘛。看樣子可以輕易攻佔她的心。當然，想要追到她應該不容易吧。結婚；和這個女孩結婚；養女；她說她是這棟豪宅裡的養女。那麼我……

坂本的野心倏地膨脹。

「是不是有點熱？」

「啊，是啊！」聽到鈴江的話，皤野觸電似地分開與她緊靠的身體。

「我們到院子裡走走吧！」

「好啊。」皤野的心中充滿了幸福。這是他第一次和這個美麗女孩單獨說話。

兩人從陽台走到庭院裡。

「我最喜歡像你這種認真的人了。」

鈴江若無其事地說出「最喜歡」三個字，又讓皤野吃驚不已，他同時也想傳達自己的心情，卻沒辦法順利說出口。

「我也……那個……」須田支吾著，偷看鈴江的表情。鈴江的臉龐被庭園燈照亮，美得讓人驚豔。光是能夠像這樣與這女孩交談，來這裡就算值回票價了，須田心想，陶醉在幸福感中。

「我們在這裡坐一下好嗎？」

「好的。」須田順從地點點頭，和鈴江並坐在一張長椅上。

「下個月四號，星期天，是我的生日呢！」

「哦？」早川目不轉睛地注視鈴江的側臉。

他一面凝視鈴江，一面思考。這女孩好像對我有意思，她拋下眾多客人，願意像這樣和我聊天，就證明她對我有好感，剛才她不是說最喜歡像我這種充滿男子氣概的人嗎？要是能得到這女孩，我……

「大助少爺的父親喜久右衛門老爺願意為我在這裡辦一場生日派對。所以……」鈴江有些扭捏地對早川說，「你願意賞光嗎？如果你肯來，我會很高興。」

「我很樂意。」

坂本樂不可支。她一定愛上我了，看她臉紅成那樣，緊接著又說，「我最喜歡你了」，然後又邀我參加生日派對。她已經是我的人了。

坂本輕輕伸手握住鈴江的手。鈴江一驚，頓時僵住了。坂本暗自竊喜。

「啊，對了。」鈴江突然想起了什麼，轉向幡野，一臉擔心得罪對方的表情說：「這樣說好像在討禮物，真的很不好意思，可是每位賓客都會帶一樣禮物過來，如果只有你什麼都沒帶，可能會有點尷尬，所以先跟你說一聲。」

「那當然了。」幡野用力點點頭。「別放在心上。參加生日派對本來就要帶禮物，這是常識嘛。我一定會帶禮物過來的。」

「好高興喔！」

「可是，」須田問鈴江。「什麼禮物好呢？妳想要什麼禮物？」

「嗯……」鈴江說。「希望能從須田先生那裡收到我最想要的禮物，那就是鑲有我的誕生石的戒指。」

須田啞然失聲，心想這女孩果然是資產階級的千金小姐，略微的失望把他拉回了現實。他認為這女孩以前收過的珠寶一定無數，才會毫不在乎地說出這種話。

「那麼，妳的誕生石是什麼？」

早川戰戰兢兢地問道，於是鈴江伸出纖纖玉指，秀出手上的戒指。「鑽石。這顆很小吧，我想要再大顆一點。」

早川竭盡全力避免臉上露出內心的驚訝。因為，被鈴江嫌小的鑽石，少說也有一克拉以上。即使如此，他還是嚥下唾液，佯裝若無其事地說：「我一定會帶一個讓妳滿意的戒指過來。」

「哎呀，真的嗎？」鈴江的雙眼閃閃發亮，向坂本確認。

「當然，我一定會帶來的。」坂本露出了充滿自信的笑容回答，接著突然緊緊抱住了鈴江。

「啊！」

坂本大膽索吻，鈴江微弱抵抗，只不過嘴唇稍微碰觸，鈴江卻彷彿遭受巨大衝擊，倏地站了起來，轉身背對著他，肩膀不停地顫抖。這個女的怎麼搞的？坂本心想，厚著臉皮向別人討鑽石，而我只是親她一下，她竟然嚇成這樣。資產階級的千金小姐都這副德行嗎？不過這麼一來，這女孩應該永遠忘不了我。

「我保證，一定會帶一顆又大又美麗的鑽石給妳。」

幡野這麼答應鈴江，但最後只握到她的手，只能氣自己不爭氣，氣自己因為貧窮而畏縮不前。他待在大廳角落，目不轉睛地盯著鈴江和其他年輕男子共舞。等著瞧吧——幡野心想，我會變成一個不為這點小事動怒的大富豪，一定要！你們等著瞧吧。原來……，原來這就是有錢人的真面目啊——須田從大廳一角看著鈴江與其他年輕男子共舞，這麼想道。好，等著瞧！我一定要把她佔為己有——早川從大廳角落注視著鈴江與其他年輕男子共舞，心中想道。你們等著瞧吧——坂本也在心裡發誓，我要讓她變成我的人，我才不會讓她跟其他男人跳舞，我要把她變成我一個人的，你們等著瞧吧，等著瞧吧！

「嫌犯開始行動了。」負責監視四名嫌犯的刑事接二連三打電話進來，使得偵辦本案的搜查總部組長福山雀躍不已。「剛才狐塚來電，說早川騎車出門了。」刑事們異口同聲地發出低吼。「這次是早川嗎？」

「監視坂本的猿渡後來沒聯絡嗎？」大助問道。

「還沒，可能還在跟監中吧。」福山站起來，坐立難安、煩躁地繞圈踱步。「今晚可能要熬夜了。」

布引回來，一看到福山就咯咯大笑說：「須田終於當上工會的委員長了。」

「哦？看到貧富差距懸殊，喚醒了他的階級意識嗎？」福山組長的臉上露出複雜的表情。

布引一邊笑一邊接著說：「那傢伙指責前任委員長的作風太溫吞，於是聯合眾人把對方拉下來，自己才當上了委員長。他要求提高工資，今早開始罷工，入夜後和五、六名同伴展開絕食抗議。我想已經沒有必要監視他，所以就回來了。」

「不能妄下論斷，不過此人八成不是犯人吧。」福山對大助說。「神戶，你不必再為他做什麼了，你已經對他進行一場非常有意義的震撼教育。」

「可是鈴江要求他送鑽石時，他應該大受打擊，心靈嚴重受創吧，我覺得對他過意不去。」大助說道。

布引以輕薄的口吻安慰道：「別在意啦。許多人向資產階級女子求愛不成，都會意外成為了不起的共產黨員喔。」

鶴岡回來了。

「幡野的情況怎麼樣？」

「後來並沒有變化。」鶴岡報告。「我想已經沒有必要監視他，所以就回來了。」他一邊擦汗，一邊在椅子上坐下，難得笑出聲來。「那傢伙發奮圖強，終於成為真正的大富翁啦。」

「聽說他創立一家玩具製造公司，生意真的那麼好嗎？」

「啊，組長不知道嗎？那個不只在國內熱賣，現在全世界都大為流行的玩具，就是幡野發明的。說到咕嚕嚕啊……」

「啥，那個咕咕球就是幡野發明的？」福山原本已經回到位子上坐下，又猛地站起來。「我孫子吵著要，可是每家百貨公司都缺貨，好像得在進貨日排隊才買得到呢！」福山向大助投以求助的眼神。「你能不能去幫我要一顆咕咕球來？」

「不是咕咕球，是咕嚕嚕。」布引訂正說道。

「我去要了一顆。」鶴岡從口袋裡拿出一顆球，球的表面有紅藍黃三種顏色，看起來平凡無奇。

「給我！」福山眼神乍變。「我孫子一直吵著說他朋友都有，只有他沒有，哭鬧不休呢！」

「組長雖然這麼說，可是這是我要給我孫子的。」

福山露出啞巴吃黃蓮的表情，慢慢地坐回椅子上，接著轉而對大助說：「可是，蓋工廠或添購設備什麼的都需要資金吧？」

「哦，是我借他的。在那場宴會的隔天早上，他便氣勢洶洶地跑來找我，開口向我借錢。」

這時候，鶴岡扔出去的那顆球發出咕嚕嚕的聲音猛地飛向福山的鼻尖。福山嚇了一跳，往後仰去，結果咕嚕嚕在半空中折了回去，一邊咕嚕嚕作響，一邊回到鶴岡手中。除了福山以外，全員哄堂大笑。

「這到底是什麼機關？」刑事們紛紛聚集過來，看著鶴岡手中的咕嚕嚕。「是利用迴力鏢的原理嗎？」

「不是吧？迴力鏢是在空中拋出曲線再折返，這玩意兒卻是突然折回來。」

「萬一小孩子用這個東西朝朋友的臉丟去，不是很危險嗎？」

「不會啦。要是用力丟出去，它會以相同的力道折回原處。」

福山憤恨地看著大家談論，向大助問道：「可是神戶，玩具這種東西都是流行一陣子吧？那個咕咕球——」

「是咕嚕嚕。」布引訂正。

「那個咕嚕嚕的熱潮過了以後，幡野打算怎麼辦？」

大助微笑說：「不要緊，他還有很多玩具的專利。」

冷不防地，狐塚怒氣沖天地衝進來。「我已經逮捕早川了！」

全員站了起來。「那傢伙是犯人嗎？」

「不是。那傢伙拿著霰彈槍企圖闖進茜町的珠寶店，被我以現行犯逮捕了。」狐塚雙眼充血，轉向大助說：「所以我才會再三反對那個計畫，看吧，你那種玩票性質的搜查方式，終於害人犯罪了！」

大助臉色發白，垂下頭說：「對不起。」

狐塚繼續吼道：「你打算怎麼辦？為了抓到真兇，卻製造出其他犯罪者，真不曉得為了什麼！」

「啊，狐塚，」鶴岡開口說，「早川人在哪裡？」

「在偵訊室。」

「可以讓我來偵訊嗎？我突然想到一些線索。」

「悉聽尊便。」

鶴岡離開以後，眾人又開始議論紛紛。

「坂本果然是本命了？」

「我認為早川是本命（註），坂本是對抗，須田是黑馬。」

「喂，這可不是賽馬！」狐塚叫道。「太沒分寸了。」

電話響起，福山拿起話筒：「喂，是我。噢，是猿渡啊。什麼！在哪裡？縣境？嗯、嗯。那麼是在山裡囉？好，等你的後續報告。」他放下話筒，掃視眾人說：「坂本一個人進入山裡了。」

「看來他是把錢藏在山裡吧。」

眾人緊張了起來，此時身為搜查總部副組長的署長進來了。

「署長好。」

「搜查總算到了尾聲，報社已經嗅到風聲，記者們都在樓下。」

鶴岡回來了。「早川招了。」

狐塚大吃一驚，回望著鶴岡叫道：「他招了什麼？」

「木挽町的鐘錶店搶案。」鶴岡瀟灑地坐在椅子上說。「那起搶案的歹徒同樣持有霰彈槍，而且木挽町緊鄰茜町。我馬上就想到了。」

「糟了，那是我負責的案子，我竟然沒想到！」狐塚握拳重重敲打桌子。「哼，可惡，可惡！」

「神戶，太好了。」鶴岡對大助點點頭說，「那傢伙原本就是個罪犯。」

「真是鬆了我一口氣。」大助的肩膀垂了下來。

電話響了，福山拿起話筒。「喂，哦，是我。噢，是猿渡啊。什麼!?」他站起來。「這樣啊，這樣啊，幹得好！」福山組長露出滿面笑容，向眾人宣告：「坂本帶著裝有五億圓的行李箱下山時，被他們抓到了！」

「哇！」眾人歡聲雷動，彼此握手，恭喜之聲充斥著整個房間。有人衝出辦公室，有也人抓起電話就打。

署長高興地手舞足蹈。「恭喜呀恭喜！」

「神戶，幹得好，這都是你的功勞。」

狐塚還在後悔，喃喃自語：「我真是蠢。可惡，可惡！」

「喂，神戶，記得幫我要一顆咕咕球。」

「是咕嚕嚕。」

「可惡，可惡！」

「恭喜呀恭喜！」

「恭喜少爺！這是您立下的第一個功勞呢。」

註：本命、對抗、黑馬均是賽馬用語，本命為預測將獲得第一名的選手，對抗則是與本命相抗衡的選手，黑馬則是實力未知，但有可能獲勝的選手。

祝。

深夜時分，在寧靜的豪宅裡，大助與鈴江正在會客室角落的小吧檯悄悄地舉杯慶

「這不是我的功勞，全都是拜父親的財力權勢以及妳的演技所賜。」

「我似乎派上一點用場了，可是……」鈴江似乎想起什麼不好的回憶，眉頭微微一蹙。「現在我才敢說出口，這個任務實在很痛苦。」

「我想也是，我一定會報答妳的。」

「哎呀，不用了。可是……」鈴江沉思了一下，很快地抬起頭來。「我生日那天，幡野先生送給我一只鑽戒，那顆鑽石足足有三克拉大。那該怎麼處理啊？」

「收下就好啦。」大助若無其事地說，「現在他也是個身價數億的大富豪了。」

「可是，那個……」鈴江扭扭捏捏地說。「他向我求婚了。」

「哦？」大助目不轉睛地看著鈴江說，「這樣啊，那妳覺得他怎麼樣？」

鈴江直盯著大助，一雙大眼睛瞬間盈滿了淚水。大助感到詫異不已，淚水已從她的臉頰滑落。

「您一點都不了解我的心情，要我說出那麼不知羞恥的話有多痛苦。可是，我一想到這一切都是為了您，才默默忍耐。您一點都不明白我有多難過。被犯人強吻時，我也是為了您才忍耐的。然而，然而您卻說出這種話……」

大助睜圓了眼，茫然地看著淚如雨下的鈴江。父親大人和這個女孩都一樣，怎麼這麼愛哭？眼淚簡直像蓮蓬頭灑出來的水一樣源源不絕嘛，要是把他們兩個擺在乾季的渠道上，一定會……

第二章 富豪刑事的密室

073

「不管怎麼看都是凶殺案。」狐塚刑事露出尖銳的犬齒，用力拍打調查紀錄的卷宗，對著辦公桌前的鎌倉警部說道，「死者不可能是意外死亡，也不是自殺，我看這是一起凶殺案。」

「沒錯，每個負責人都這麼認為，所以我們這一組才會奉命接下這起案子。」鎌倉警部抬起那張酷似尚・嘉賓（Jean Gabin）的臉孔，掃視五名部下。「案子就交給你們吧。不過，我先把話說在前頭，如果這是凶殺案，將會是一起很棘手的案子，你們要有心理準備。」

「再怎麼說都是密室嘛。」猿渡刑事低聲竊笑道。他是個推理小說迷。

狐塚以責備的眼神瞪著猿渡說：「喂，這可不是推理小說，罩子放亮一點。」

「可是，密室就是密室啊。」

猿渡噘著嘴說道。於是高瘦的鶴岡刑事一邊擦眼鏡，一邊替他辯護似地說：「唉，冬天的密室比夏天多，不過大部分都是偶然形成的。這次，這個疑似完美設計的密室真是難得一見呢。」

「在認定這是殺人事件之前，我們重新研究一下有沒有意外死亡或自殺的可能性吧。」鎌倉警部拍了一下桌上的調查紀錄，朝著門牙依然缺一顆、長相酷似艾佛瑞・紐曼的布引刑事點頭詢問：「命案現場調查過了嗎？」

「是的，已經調查完畢，那麼我立刻報告。」布引掏出記事本，以嬰兒般的圓滾滾手指翻著紙頁。「這是最後一次報告，包括各位知悉的案情，我再說明一遍。死者是宮本鑄造公司的社長，名叫宮本法男，四十八歲。這家公司位於韲町六丁目，就在那條舊書店街一直過去的小鎮邊緣，地點有些偏僻，是一棟三層樓的鋼筋水泥建築，一樓是工廠，二樓是辦公室，三樓是會客室和社長室。起火時間是十一月二日晚間九點二十分左右，三樓的社長室全部被燒毀，警方在室內發現宮本社長的焦屍，會客室也被燒掉了一部分。第一個發現火災的是警衛松平甚一郎，六十一歲。當天晚上，他一如往常巡邏公司內部時，發現社長室緊閉的門扉鎖孔冒出煙霧，大吃一驚，立刻用備份鑰匙開門，才發現裡面起火。幸好火勢已控制，消防隊接到警衛的電話，趕到現場時，這位曾經當過警官的警衛正以滅火器滅火，拚命阻止火勢延燒，才沒有釀成大禍。」

「起火原因仍然不明嗎？」鶴岡問道。

「還沒查明。」布引原本埋頭看記事本，隨即抬起頭皺眉說道。「也不曉得火源是什麼，原本懷疑是菸蒂，但是以香菸來說，火勢也延燒得太快了。不管怎樣，火源一定在社長室內部。啊，我忘了說，這間社長室約有二十坪大，天花板高約四公尺，沒有窗戶，牆壁與天花板有隔音構造，用的是耐火建材。除了通往會客室的一道門以外，完全與外部隔絕。不過，社長室裡面有空調設備的通風管線，還有鑰匙孔，所以嚴格來說不算是密室。」

「不，在推理小說裡，這樣就叫做密室了。」猿渡不滿地插嘴。

「布引的意思是氣密室吧。」鎌倉警部說，「那麼，室內完全沒有自燃物嗎？」

「是的。起火時，室內的物品……」布引又望向記事本。「社長專用的山毛櫸辦公桌、旋轉辦公椅。至於接待用的五件式桌椅，桌子是木製，椅子是布面。還有不銹鋼文件櫃、柚木書櫃及大批技術類書籍、山毛櫸擺飾櫃、卡式音響、喇叭。此外，地板上鋪滿了軟綿綿的地毯，除了不銹鋼文件櫃及音響，全都是易燃物，但沒有任何自行起火的物品。此外，由於氣候的關係，空調並未打開，起火時似乎也沒有送風。」

「那麼，如果不是縱火，就是菸蒂起火囉？」狐塚或許認定這是一起殺人事件，不甚起勁地問布引。「有類似的痕跡嗎？」

「現場發現大量的菸灰。」布引回答。「聽說宮本社長是個老菸槍，而且抽的還是雪茄。」

「哦，雪茄啊！」狐塚不懷好意地一笑，嘲諷似地故意轉向神戶大助問道：「神戶，你老是大口抽著一支八千五百圓的哈瓦那雪茄，怎麼樣？雪茄這玩意兒和一般香菸相比，更容易引起火災嗎？」

大助困惑了一陣子，一本正經地回答：「我想雪茄的菸蒂並不特別容易起火。我經常把點著的雪茄放在菸灰缸，然後做其他事，就這麼忘了，有時候菸蒂會掉到桌上或地毯上，不過大部分都會自行熄滅。所以雪茄不容易燃燒，反倒容易熄滅。」

「也有可能是有人帶了什麼容易起火的東西進去。」鎌倉警部轉向鶴岡說。「你問過警衛吧？起火前，有沒有人進去社長室？」

「是的。」鶴岡拿出記事本，在椅子上挺直了背，就這麼直挺挺地往前傾，開始說明。「辦公室及工廠的員工都在下午五點下班，之後公司裡只剩下社長和警衛。聽說社長祕書有時候會陪社長加班，不過那天是準時下班。宮本社長是個相當注重隱私的人，平時能夠拿鑰匙進入社長室的，只有祕書和警衛。但是祕書若要進去，必須向警衛借鑰匙。宮本社長工作十分認真，幾乎每天晚上都留在辦公室裡聆聽巴洛克音樂的錄音帶，進修到晚上十點至十一點，然後再從裡面鎖上單門鎖和彈簧鎖，非常謹慎。警衛發現裡面起火時，兩道鎖都上鎖了，所以他開門時，使用了兩種備份鑰匙。這天晚上，五點半以後拜訪社長室的只有一個人，那就是江草鑄物工業的社長——江草龍雄。」鶴岡從滑落的鏡架上方環顧眾人，窺看全員的反應。

「除此之外，沒有任何人進去過吧？連警衛松平也沒進去嗎？」鎌倉警部向他再三確認。

「是的。」鶴岡用力點頭，彷彿在證明自己的清白。「另外，我想要聲明一件事。松平這個人在擔任警官時，我與他交情甚篤，他是一位非常優秀的警官，而且忠於職務，特別對宮本社長十分忠誠。」

「我並不是說警衛說謊。」鎌倉警部安撫似地說。「江草社長是幾點來的？」

「聽說是八點半左右。他來訪之前打過電話，所以社長和松平都知道他要來。松平在後門旁的警衛室等待，江草社長差不多在約定時間獨自前來。松平想為江草帶路，但他表示知道怎麼走，便自己搭電梯上了三樓。」

「電梯是可容納六人的小型電梯。」布引從旁插嘴，「搭電梯到三樓，一出來就是寬敞的大廳，窗戶面向馬路。大廳同時也是會客室，以小屏風隔開，那裡放了五組沙發，可以從這裡直接走進後面的社長室。」

「松平說，江草社長是在九點十五分到二十分之間回去的。」

鶴岡說道，結果鎌倉警部板起臉孔說：「問題就在這裡，這與起火時間幾乎吻合。江草之所以疑似縱火後離開，原因就在這裡。」

「可是，如果真是這樣，那麼江草在社長室放火之後，究竟如何離開房間的？」猿渡迫不及待地探身向前說道。「再怎麼說，那扇門都是堅固的不銹鋼門，單門鎖和彈簧鎖都上了鎖。江草不可能從宮本社長那裡搶走鑰匙，從裡面開鎖之後再離開。因為兩支鑰匙都在化成焦屍的宮本社長手中。」
「別太拘泥於密室吧。」狐塚苦笑道。「只要有心，總有辦法複製備份鑰匙。更重要的問題是，起火原因是什麼？而且組長，」狐塚以嘲諷的眼神望向鎌倉警部說。「不是要先討論意外與自殺的可能性嗎？」
「啊，是喔。」鎌倉警部臉紅了。
「宮本社長的陳屍處離門口很遠，靠近辦公桌的地方。」布引說，「一般來說，如果是意外引發的火災，人們不是會往門口逃竄嗎？」
「有沒有可能起火點在門口附近，所以沒辦法從門口逃走？」猿渡說道。
布引搖搖頭。「門口附近沒有任何易燃物，就算跑進房間裡，也無路可逃啊。」
「空調裝置的通風管多大？」
聽到鎌倉警部的質問，布引又搖搖頭說：「不行，不行。人沒辦法經過那個空間。唔，如果是老鼠或小貓，或許勉強可以。」
「起火原因不明，真的很不可思議呢。」鶴岡說，「透過最近的科學鑑識，照理說連極細微的細節都能夠查清楚呀。」
「消防署的人也很納悶呢。」布引不解地歪著頭回答。「據說是整個房間一口氣起火燃燒。」

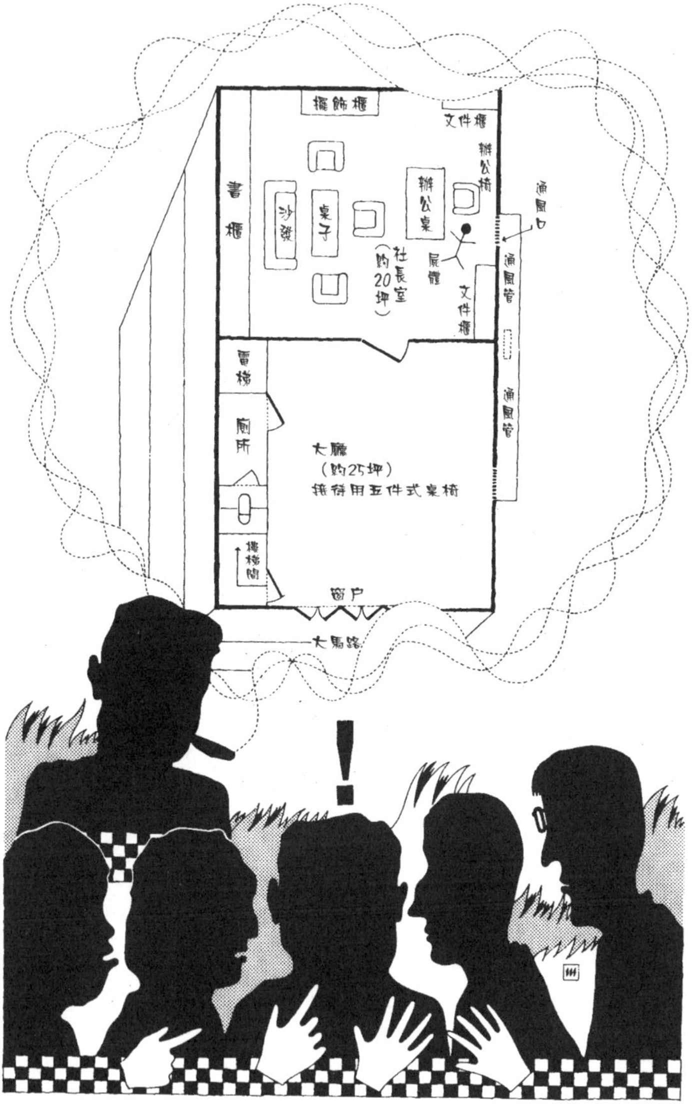
擺飾櫃
文件櫃
辦公椅
通風口
書櫃
沙發
桌子
辦公桌
社長室
（約20坪）
屍體
通風管
文件櫃
通風管
電梯
廁所
大廳
（約25坪）
接待用五件式桌椅
樓梯間
窗户
大馬路

「唔，如果是自殺，也有可能在房間裡潑灑汽油再點火。」

鶴岡說道，布引轉向他，以反抗的口吻說：「現場沒發現任何裝有可燃性液體或氣體的容器，也沒有使用這類東西的跡象。」

「那為什麼會起火？」一時之間，全員陷入沉思。

「社長也沒理由自殺。」大助負責調查宮本社長，他畏畏縮縮地報告。「公司獲利穩定，幾乎所有員工都信賴社長。社長的家庭幸福美滿，由於晚婚，太太相當年輕貌美，結婚剛滿十年，感情和睦。自宅雖然不大，但很精緻，庭院有一大片草坪，整理得有條不紊，花園裡種著玫瑰，四歲的小朋友和狗兒一起玩耍……」

「小寶貝身旁是親愛的你……，有一首歌是這樣唱呢。」猿渡明知會遭狐塚白眼，還是忍不住打諢道。

「是的，宮本社長的家庭完全像那首歌的形容。此外，社長是技術人員，完全沒有厭世觀。不管跟任何人打聽，得到的回答都是——宮本社長責任感極強，實在無法想像他會自殺。宮本鑄造公司生產的都是特別訂作的特殊產品，必須以特殊技術製造，如果沒有宮本社長高深的技術、才能與手腕，這家公司就不可能成立，也沒辦法經營。事實上，宮本社長過世後，該公司已經停止營業，目前正準備解散，並遣散員工了。」

「不可能是意外或自殺。」狐塚的口氣凌厲，似乎予人致命的一擊。他抬頭挺胸，瞪了鎌倉警部一會兒，然後拿出記事本。「因為和剛才的報告有關，我現在來說明宮本鑄造在營運方面的調查結果。宮本鑄造一如其名，是一家專門製作鑄器的公司。這個地區從以前就以鑄造業聞名，當地有許多鑄器工廠。宮本鑄造以一般大型工業不會採用的真空技術，專門鑄造特殊金屬，規模雖小，卻在業界享有特殊地位。簡單來說，使用一般的鑄造法，鑄器會混入氧氣、氫氣或氮氣等氣體，形成空洞。在真空環境下，就能製造出沒有缺陷的鑄器。因此，某些金屬零件像是太空梭或特殊精密武器的零件等等，只能使用這種真空鑄造法，所以最大的客戶是市區西南部的東亞大學附屬太空科學研究所，以及製作武器的大企業開發課附屬研究所等等，宮本鑄造算是他們承包商底下的承包商。至於交易金額，比重最大的是太空科學研究所的收入，有一段時期甚至佔了全收益的百分之八十。話說回來，在這個地區，專門經營真空鑄造的公司，不止宮本鑄造一家，還有另一家江草鑄物工業，社長是江草龍雄。換言之，宮本鑄造對江草鑄物工業來說——或者說宮本社長對江草龍雄來說，不僅是同業，更是生意上最大的競爭對手。」

「江草鑄物工業也接太空科學研究所的訂單嗎？」

「是的，直到宮本鑄造成立的四年前，太空科學研究所全部的訂單都由江草鑄物工業一手承包。這家江草鑄物工業，從江草龍雄的父親那一代起就是鑄物工廠，而真空鑄造是當地的獨門技術，所以江草龍雄倚仗這些既得利益，藉口訂單的物品需要特別製作，命令員工做出不合理的估價，或向客戶索求超出估價的金額。即使如此，如果製品的品質優良，那也沒話說，然而事實上品質並不好，所以太空科學研究所及其他客戶都對江草鑄物工業怨聲載道。」

「這時候宮本鑄造成立，江草鑄物的訂單就被搶走了吧？」

「沒錯，不僅如此，太空科學研究所有一個人，是宮本法男在大學研究室時代的朋友，雙方都是技術研究者，默契十足，合作無間。而且宮本擁有絕佳的洞察力，設計圖只要看一眼，即使不必詳加說明，也可以馬上看出零件應該放在哪些部位、有什麼用途。而且每接到一筆訂單，他都會努力研究，盡可能以最低成本，製造出最好的成品。才能、努力，再加上技術。宮本與其說是技術者，更像一位大師傅，而江草只是一介商人，根本不可能贏過他。聽說江草最近完全接不到訂單，公司的業務量大減，正為此發愁呢。」

「那麼，江草龍雄和宮本應該形同水火吧？」鎌倉警部對狐塚露出不可思議的表情說。「負責調查江草龍雄的人也是你吧！他怎麼說明案發當晚去找宮本的理由？」

「哦。」狐塚難得露出曖昧的微笑。「再怎麼說，他都是唯一的嫌犯，偵訊時必須特別慎重，所以我小心應對，沒有提出太尖銳的質問，因此只得到曖昧的回答。」狐塚望向記事本。「江草說，宮本鑄造開業約兩年後，他主動以同業者的身分提出交流。由於宮本技術優秀，所以他經常向宮本請教。兩人大多約在宮本鑄造公司的社長室見面。就算江草邀宮本喝酒，宮本也表示不喜歡酒吧和俱樂部，不肯涉足那種場所，所以江草總是親自前往會面。事發當晚，江草也是過去向宮本討教技術上的問題。不過，若要確認這件事的真偽，可能有點困難。」

狐塚說完，向鶴岡投以求助的眼神，鶴岡朝他點點頭。「警衛松平作證說，事發當晚，江草龍雄第五次在夜間過來拜訪宮本社長。他還說，宮本不太喜歡江草來訪，可能是因為宮本沉默寡言，松平也不曉得江草為何頻頻來拜訪宮本，關於這一點，宮本的祕書柴田常子，三十七歲，也說了一樣的話。」

「宮本社長鮮少前往酒家等聲色場所，這是真的。」大助插嘴。「不過他在家裡似乎會喝一點。有那麼美麗的太太陪伴，不想去酒家也是理所當然的。所以他和酒吧、俱樂部等特種行業的女性完全沒有來往。」

「廢話，這裡的酒店小姐會有什麼好貨色啊？」狐塚嘲笑地說，「漂亮的女孩都跑去東京囉。呃，這種事無關緊要。」他咳了一下，以慌張的語氣繼續報告。「另外，我詢問江草，案發當晚是否帶了什麼易燃物到宮本的社長室？江草以輕浮的口吻回答，身上會起火的物品就只有打火機而已。」狐塚以一種憤怒的語氣說，「感覺他很瞧不起警察。」

「警衛松平也說，」鶴岡說道。「江草來的時候是空手，只有口袋裡裝了疑似設計圖的東西，離開時也帶在身上。」

「江草龍雄這麼目中無人，一定是對自己想出來的密室詭計有十足的信心。」猿渡不學乖，又插嘴說道。

「密室、密室的，猿渡！」狐塚又板起臉。「就算江草真的殺了宮本，那又何必把現場弄成密室呢？這可不是你喜愛的推理小說，而是現實的案子。你可別說什麼因為犯人想到密室詭計，才想試試看殺人的啊。這對於過世的被害人太失禮了。」

猿渡略微怫然作色地反駁：「我提出密室，絕不是出於那種輕浮的心態。事實上，江草把現場弄成密室，我們沒辦法推理出作案手法，正在傷腦筋找不到證據將他定罪，不是嗎？」

狐塚無可反駁，布引助他一臂之力，搖搖頭嗤笑道：「你說的剛好前後顛倒。江草為何大費周章地想出密室詭計，卻不肯製造不在場證明？不在場證明比密室還實際，確實能讓他擺脫嫌疑啊！」

「因為他知道，不管製造多完美的不在場證明，也無法從嫌犯名單被剔除。」猿渡斷定說。「江草應該也推測得到，除了自己，沒有人有殺害宮本的動機，最後還是只有他一個人有嫌疑。如果明目張膽地殺害宮本，不管製造再完美的不在場證明，警方也會鎖定這一點，鍥而不捨地追查下去。但是如果製造難以分辨意外、自殺或他殺的狀況，把現場佈置成密室，就算只有他有嫌疑，警方也會做出犯人無法行凶的結論，或是因為不了解作案手法，無法釐清究竟是意外還是自殺，於是就成了懸案。」

聽到「懸案」二字，鎌倉警部忽然從椅子上彈跳起來，眾人紛紛嚇了一跳，睜大了眼。

「對不起。」猿渡急忙道歉。「我知道組長討厭懸案這兩個字，可是忍不住就……」

「別再說了！」鎌倉警部又差點被猿渡說出來的那兩個字嚇得跳起來，氣喘吁吁。「不許再說了，今後不管是誰，膽敢再說出那兩個字，我當場槍斃！」他擦掉汗水，平復心情以後，掃視全員。「你們也不把問題整理一下，討論起來雜亂無章。首先，這是一起凶殺案，應該可以這麼斷定吧。不管是不是謀殺案，既然案子交給我們這一組，今後就要以凶殺案為前提進行搜查。接著，什麼人有動機殺害宮本社長？根據目前的搜查，除了江草龍雄以外，沒有人有動機。今後的搜查過程中，或許會出現其他嫌犯，但目前必須傾全力調查唯一的嫌犯江草龍雄。接下來，必須解開命案現場的謎。謎團有三個：死因、起火原因及密室。這三者應該息息相關，偏重哪一個都不妥，所以暫時把它們視為個別的謎團來思考吧。首先是死因。狐塚，重新確認一下遺體的解剖報告吧。」

「是。」狐塚參與了遺體解剖，他看著大學醫院送來的報告書說：「死亡時間推測在晚上九點至發現遺體的九點二十分之間。死因確定為燒死，沒有任何絞殺、刺殺、射殺或其他被施予暴力的傷口。此外，也沒有服用毒物或任何藥物的跡象。組長剛才說死因不明，但是關於死因，可以肯定是燒死。」

「不不不，我所說的謎，是宮本在遭到火燒時，並未被奪去身體的自主性，意識也十分清楚。然而從現場的情況來看，宮本完全沒有逃離的跡象，簡直就像主動待在熊熊燃燒的烈火中，這是第一個謎。」

「想得到的理由有幾個。」猿渡得意洋洋地說，「舉幾個超乎常軌的可能性：首先，宮本患有癲癇，起火時正好發作。第二，宮本被江草催眠。第三，宮本被一種特殊繩索綁住，那種繩子易燃，不會留下痕跡。」

「我見過宮本的主治醫師，宮本並沒有癲癇。」大助急忙否定猿渡的推理。「此外，有一種不會在體內留下痕跡的肌肉鬆弛劑，只要被注射，身體就會動彈不得，不過宮本並未罹患需要這種藥物的疾病，一般人也難以弄到這種藥。」

「淨講些荒唐的推理也沒有用。」布引誇張地苦笑。「施予催眠術，受術者必須相當信賴施術者。此外，並沒有那種燒過不留痕跡的繩子，就算是紙繩，也會留下灰燼。有的繩子雖然遇熱或接觸到氧氣就會融解；也就是在空氣中自動分解，但是這些東西融解之後，只要透過化學測試就查得出來。如果是糯米紙做成的繩子，遇火就會融化，也無法限制被害人的自由。關於第二個謎團——起火原因，我想猿渡的推理八成是犯人在空調管線中設置火焰發射器之類的東西吧！不巧的是，通風管裡空無一物，也沒有被動過手腳的痕跡。」

「還沒完。」猿渡意氣用事了起來。「江草回去以後，那個姓松平的警衛用備份鑰匙開門，拿火焰發射器朝裡面噴火。」

鶴岡嚴肅地挺起身體，正經八百地大聲說：「我剛才說過了，那個姓松平的警衛從警察時代就盡忠職守，是一個正義感十足的人！」

眾人連忙安撫鶴岡。

「好啦好啦。」

「猿渡只是隨口說說的。」

「是啊！」

「那個警衛怎麼看都不可能是犯人嘛。」

鶴岡好像息怒了，於是鎌倉警部轉向眾人點點頭說：

「死因、起火原因都是謎，最後一個是密室之謎，我們也只能從解開密室之謎來尋找前兩個謎團的線索了。」

「密室啊……」

狐塚和布引露出不滿的表情，鎌倉警部朝他們微笑。「唉，別這樣嘛。猿渡都舉出那麼多種可能性了，我們也該奉陪一下吧。況且現階段也沒辦法得到其他線索啊。」

「謝謝警部！」猿渡一臉感激，朝鎌倉警部施以一禮，拿起桌上的包袱巾，放在膝上打開，裡面裝了四、五本研究推理小說的相關書籍。

「你打算開始上密室教學嗎？」狐塚一臉受不了地挺直身子。

「沒有啦。幸好研究推理小說的人替密室詭計做了分類，我只是想從裡面挑幾個可能符合這起案子的例子介紹給大家。」

「好吧，那麼快說吧。」狐塚自暴自棄地說道。

「首先是實際可行的詭計；也就是犯人私自打了備份鑰匙，如果兩組鑰匙都保管得十分嚴密，那麼有機會打鑰匙的只有警衛和祕書，不過警衛沒有動機。」

「祕書柴田常子也沒有動機啊。」鶴岡嘆息說，「她今年三十七歲，目前單身，是個寡婦，有兩個小孩。要是她殺了宮本社長，飯碗就不保了，現在這麼不景氣，工作不好找。我見到她的時候，她也是一副走投無路的樣子。情殺也不可能。這麼說雖然對柴田常子過意不去，不過她長相難看，和宮本似乎沒有那種關係。她是宮本好友的妻子，宮本只是出於同情才僱用她的。宮本除了在家，鑰匙應該是隨身攜帶，我詢問過警衛和祕書，他們也表示鑰匙只有兩組，而且絕對沒有出借。不過，他們可能記得不太清楚，警衛對於鑰匙的保管是否真的萬無一失，還需要進一步調查。」

「那麼，下一個。」猿渡說，「這是古典詭計，也就是密道、祕密通路。」

「你看過那棟大樓各樓層的平面圖了吧？」布引笑道，「沒有空間可以當作密道，外牆的厚度不到二十公分，也幾乎沒有閣樓，連通風管都是外露的。」

「接下來是那扇門的機關。」猿渡抬起頭。「先拆下門上的鉸鏈，人出來以後再裝回去。」

「這也不可能。那扇門的鉸鏈只能從房間裡拆下，沒辦法從外面裝回去。」

「用髮夾和繩子上鎖，再從門縫回收。」

「那扇門沒有縫隙，就算可以從鑰匙孔穿線進去解開上面的彈簧鎖，也沒辦法打開下面的鎖。說起來，連有沒有備份鑰匙這個問題都還沒解決呢。」

猿渡又陸續介紹了多達二十個密室詭計，卻沒有一個符合這起案子。

「好，今天就討論到這裡。」鎌倉警部看看手錶。「密室詭計交給猿渡研究吧。當然，這也是每個人的課題。鶴岡繼續調查宮本鑄造公司的內部情形，其他人協助狐塚調查江草。」

「請問……」眼看著會議就要結束，大助急忙插嘴。「關於搜查……呃，就這樣而已嗎？」

「什麼叫做就這樣而已？」狐塚替鎌倉警部發話，朝大助齜牙咧嘴地說，「難道還有其他目標和搜查方式嗎？」

「如果江草龍雄沒有露出馬腳，密室詭計也破解不了，那該怎麼辦？那樣一來，就會變成懸──」大助急忙改口。「對不起，那樣一來，就永遠破不了案了。」

「那麼你說要怎麼辦？」鎌倉警部本來差點就要跳起來，皺起眉說道，「沒關係，你說說看。」

「逼迫江草，讓他陷入殺害宮本社長的相同處境如何？」大助說。「也就是製造一個生意上的競爭對手，把江草鑄物工業的訂單全部搶走，江草一定會走投無路，只好再動手殺人。」

「你在胡說什麼？」狐塚大驚，以一種看外星人的眼神看著大助。「你說要製造競爭對手，那可得開一家公司耶！」

「這件事可以交給我嗎？」大助探出身子說。「至於真空鑄造的技術方面，只要找專家當顧問就行了。」

「等一下，喂，先等一下。」鎌倉警部吃驚得直瞪眼。「成立一家公司，可是一件大事啊。」

「是嗎？」大助露出詫異的表情。「可是，又不是要成立什麼大企業。像那家宮本鑄造，與其說是公司，更像是地方小工廠，資本額也沒那麼……」

「真像有錢人會想出來的點子。」狐塚露出厭惡的表情。

在場的人紛紛目瞪口呆，只有猿渡一個人哈哈大笑說：「這個點子有趣，真像是神戶會想出來的主意。太讚了。」

「誰要扮演被殺的社長？」鶴岡一本正經地問大助。「這個角色很危險。」

「看來只能由我擔任吧。」大助轉向鶴岡說，「關於真空鑄造，我一竅不通，不過我會趕快用功，讓自己和江草談得上話。」

「喂喂喂，警察不能與民間企業有瓜葛啊。」布引看好戲地笑道。

「哦……」大助的表情略顯黯淡。「那麼我可以暫時解職。不過，有些警察也會玩股票，那樣也算是股東吧！」

「那種行為其實是不被允許的。」鎌倉警部露出苦澀的表情說。「唔，好吧！我來想想怎麼鑽漏洞。問題是，江草龍雄會用謀殺宮本的手法對付你嗎？」

「只要把公司蓋得和宮本鑄造的大樓一樣就行了。特別是社長室，裝潢得一模一樣，當然也要弄成密室。這麼一來，江草曾經成功殺過一次人，而且詭計沒被識破，只要他想不出更好的方法，應該會故技重施。」

「江草不會起疑嗎？」狐塚板著一張臉說道。

「怎麼可能？」猿渡大聲說。「誰會去設下規模這麼浩大的圈套啊？」

「說的也是。」鶴岡點點頭。「而且市內的鑄造公司規模都一樣，就算公司內部的格局相似，也不會遭人懷疑吧。狐塚，你去過江草鑄物工業吧？那裡的建築物怎麼樣？」

狐塚不甚情願地回答：「唔，跟宮本鑄造差不多。」

「成立公司的資金，我想神戶一定會拿零用錢來支付。不過對警察來說，這是一筆鉅款。」鎌倉警部對於搜查費用向來囉嗦計較，當他裝腔作勢地提到錢，所有人都暗笑了起來。「就算申請，我也不知道上級會不會支付這筆經費，你可要有心理準備。」

「那麼，組長同意囉？」大助面露喜色。

「我有一個請求。」鶴岡舉手。「我和神戶一樣，還沒跟江草打過照面，能不能讓我擔任新公司的警衛這個角色？啊，平日可以僱用正職警衛，需要的時候再由我代班。」

「這沒問題。」鎌倉警部點點頭。「也不能為了這件事拋下其他案子不管嘛。」

此時，鎌倉警部突然轉動旋轉椅，面向讀者說話：「各位讀者，請容我在這裡向各位打聲招呼。這篇小說到了這個階段，前半段恰好結束，我想諸位賢明的讀者應該已經了解這起案子的行凶手法及密室詭計了。作者是第一次寫本格推理小說，沒辦法將伏線天衣無縫地隱藏在文章裡，所以，他已經將解謎所需的全部線索，老老實實地在前半段揭露了。作者魯莽地挑戰專門領域以外的密室小說題材，使得後半段的解謎部分可能會顯得枯燥乏味，還請各位看在我們的面子上多多海涵。另外，顧慮到有些讀者或許還沒看出謎底，我在這裡送上一個提示。這個提示就是幾年前發生的一起重大事故，該事故被全世界報導，轟動一時，我想各位應該記憶猶新，只要想想這個事故，應該可以知道謎底了。此外，還有一件事必須聲明。我想，應該會有讀者質疑，嫌犯只有一名，而且涉嫌重大，警方的偵訊卻極為寬鬆，如果是現實中的警察，就算不了解作案手法，也早就嚴加審訊，逼嫌犯吐實了。身為日本的民主警察，不是我在辯解，我對小說雖然不太了解，不過我認為這應該是作者將我們設定為文藝性、理想化的民主警察之故。不好意思打擾各位閱讀了。那麼，請各位繼續欣賞接下來的故事。」

當天晚上，大助品嚐著飯後咖啡，將白天的會議轉述給輪椅上的父親。「如此這般，我被交付了這個重責大任，說要蓋一間風格相仿的公司，但如果太相像，可能會嚇到江草，引起他的戒心，也不能僱用宮本鑄造遺散的員工，一切都得從頭開始。」

神戶喜久右衛門原本背對著大助，盯著陽台看，此時他把輪椅整個轉過來，淚如泉湧，嗚咽地說：「你受到警方如此器重，已經被交付這麼重大的任務啦！」老人吸著鼻涕。「你能夠成為獨當一面的刑事，我實在太高興了。真的，我什麼時候歸西都了無遺憾了。當你說要當警察時，我之所以沒有反對，就是希望你能夠伸張正義、鏟惡除奸，做父親的我無惡不作，玷污了神戶家的名聲，都要靠你洗刷了。我的心願正慢慢地實現了！」老人嚎啕大哭了起來。「你是個天使，是我的寶貝！去吧，放手去做吧！就算把我的萬貫家財耗費一空，我也甘願！這是贖……咳、贖罪啊，咳咳咳！」喜久右衛門被淚水嗆到，咳了起來，沒多久喉嚨又被痰噎住，無法呼吸，四肢變得僵硬。

「又來了！」大助慌了手腳。「為什麼老是這樣？」

祕書鈴江離座，奔向老人。「我才在慶幸老爺最近發作的次數減少了呢……」

「看吧，又沒說什麼惹他傷心的事。」大助擔憂地看著父親說。「每次只要一提到我的工作，他就會哭。」
喉嚨的痰總算清掉了，喜久右衛門渾身虛脫，鈴江撫摸著他的肩膀，一雙烏溜溜的大眼睛望向大助說：「擔任被害人的角色，這太危險了。少爺的工作本來就很危險，我總是擔心得不得了啊。」
「啊，已經好了。謝謝、謝謝。」喜久右衛門挺直了腰桿，做了一次深呼吸。「剛才呼吸停止時，我恰好想起來。前一陣子有一位姓榎本的工學博士得了文化勳章，在本大擔任名譽教授，以前我揭發各企業的產品瑕疵，到處侵佔時，曾經請他替我製作檢查報告，誇大產品瑕疵。後來，我替他蓋了一間研究所當作回報。把他找來擔任技師好了。他現在可是世界前三名的鑄造專才。啊，還有……」老人指示鈴江做筆記，繼續說道，「明天把矢田部找來，叫他拿市內的土地一覽表和平面圖過來。我記得車站前的停車場也是我的，你的公司可以蓋在那裡。」
「那裡有兩千坪耶！」大助睜圓了眼。「不必蓋那麼大的建築物，我只要在市郊的偏僻地點大約一百坪就夠了。」
「那種地要多少有多少，你喜歡蓋在哪裡都行。還有，叫神坂過來，要他製作公司章程。哦，記得創辦人不要用我的名字。找誰做監事呢？設樂現在在做什麼？什麼？他現在是新東京造船的社長嗎？那就叫他來擔任監事吧。浮田在阪神金屬工業擔任財務經理，那傢伙很有本事，把他找來，讓他擔任會計課課長。」

「不需要那麼厲害的人啦。」大助傷腦筋地搔著脖子說。「為了搶江草鑄物工業的訂單，我打算削價競爭，準備讓經營出現赤字，所以誰當會計都可以。」

喜久右衛門狠狠地瞪著兒子說：「越是這種時候，越需要本領高強的人才。」他詢問鈴江說：「我記得以前板玻璃的營業組長，每個月業績高達五百二十億，那人現在在做什麼？」

「哎呀，菊田先生的話，老爺不是派他去擔任千代田格蘭大飯店的社長嗎？」

「我都忘了。把他找來，叫他當營業課長。」

大助用力搔抓脖子說：「我只是想跟江草鑄物工業搶太空科學研究所一年二十億的預算而已啊。」

老人又狠狠瞪了兒子一眼說：「做事就要徹底。說到要怎樣把競爭對手逼到破產，過去五十年，全世界沒有人是我的對手啊。」

「可是，集合那些大人物將會造成轟動，而且會在財經界引起軒然大波。」

「當然，所有人都要隱瞞自己的資歷，這種壞事就交給我辦吧。嘿嘿嘿……」老人露出牙齦笑了，發現兒子在場，連忙恢復一臉嚴肅，用力點頭。「這根本就是小兒科，嗯。」

「恕我僭越，我可以說說意見嗎？」

鈴江說道，喜久右衛門彷彿望著親生女兒似地，瞇起眼睛看著她說：「說吧說吧，什麼事？」

「如果江草社長想對大助少爺不利，應該會在事前探聽少爺的底細，或許也想弄到備份鑰匙。不管怎樣，他都會接觸到社長祕書。那時候，還是由詳知內情的人來擔任比較妥當。」

喜久右衛門察覺鈴江的意圖，微微蹙眉說：「妳是想擔任祕書吧？那不是有點危險嗎？這種事還是交給女偵探那種專業人士去辦吧。」

「請務必交給我，我絕對不會妨礙搜查。而且，我真的很擔心大助少爺……」

鈴江說道，滿臉緋紅，喜久右衛門擔心地望著她。

「唉，沒那麼危險啦。」大助以樂觀的口吻說，「鈴江一定是個完美的祕書。」

「那當然了。」喜久右衛門不太情願地點點頭。「那妳就去吧，只是千萬千萬要小心啊。」

時序進入二月，到了三月份，搜查行動沒有任何進展，密室詭計尚未破解，也沒發現新線索，找不到證據逮捕江草龍雄。這段期間，大助為了搜查案件及成立新公司，忙得焦頭爛額。到了三月上旬，市郊的三層樓建築落成之後，大助一人分飾刑事與社長兩個角色，更是忙得團團轉，一天必須往返警署和公司好幾趟。到了四月份，公司開始營業，他總算能夠專注於社長的職務。身為一位社長，若是整天在外頭亂跑就太不像話了，而且如果被客戶瞧見他走進警署就糟了。因此，大助獲得課長鎌倉警部的許可，暫停警署的一切活動。

雖說專注於社長的職務，大助也不能大搖大擺地坐在「興和鑄造有限公司」三樓的社長室悠哉度日，他必須聽取員工的報告並裁決，有時候也得向客戶打招呼，空閒時必須鑽研鑄造知識。今天，大助也坐在社長室的接待區上課，講師是受聘為技術員的本大名譽教授榎本博士。

「到目前為止，我已經把鑄造的基本知識都教給你了。」課程告一個段落，榎本博士以學者的嚴肅表情瞪了大助一眼。「從明天開始，將進入真空鑄造的課程。」

「由榎本先生這種世界級的權威替我這種門外漢上課，真是過意不去。」大助深深地鞠躬說道。

「哼，就是啊。」榎本博士微微拱肩。「而且你的領悟力不太好，真傷腦筋。不過比起那些吊兒郎當的大學生好多啦。」不知道博士想起什麼，有些煩躁地用力拍打桌子。「真是的，一想到那些傢伙……」接著又突然低聲竊笑。「可是啊，幹這種無聊的蠢事，也可以散散心，蠻不錯的。老實說，以往我對真空鑄造一點興趣也沒有，對這方面也不太清楚。當然，像我這種天才，只要稍微研究一下，馬上就能全盤理解，根本算不上難事，哈哈哈……」博士露齒大笑，隨即恢復正經的表情。「其實啊，昨天晚上我在準備講課內容時，想到一個絕妙的點子。我想到新的真空鑄造法，製作步驟更簡單，成本更低廉。或許我發現了新的鑄造技術唷。如果真是那樣，或許又有人要頒獎給我了。不不不，我的獎已經夠多了。唔，諾貝爾獎還沒拿過，如果是諾貝爾獎也是可以啦——哦，無關緊要。總之，對於我這樣的天才，不管是多麼無聊的小事，我都能夠把它轉化為有益的事。了解嗎？哈哈哈……」

大助聽不懂博士是開玩笑還是認真的，正猶豫該不該跟著笑，此時，扮演警衛的鶴岡敲門進來了。

「社長，有事向您報告，如果您正在忙，我待會兒再過來。」

「沒關係沒關係，已經結束了。」博士站起來。「我等一下要去一樓的工廠監督測試品的鑄造過程。」

「麻煩你了。」

「別客氣！我只是去欺負廠長和工人罷了，不過還頂有趣的。哈哈哈……」

博士一離開，一身警衛裝扮的鶴岡便維持立正姿勢說：「社長，關於後來的搜查結果，有些事要向您報告。」

大助連忙揮揮手說：「鶴岡兄，別這樣啊，這裡沒外人了。」

「啊，是喔。在人前跟你說話的口氣一時改不過來。」鶴岡苦笑。「只有兩個人的時候，我也會自然而然地用那種口氣說話，這是因為你天生具有社長的氣度吧。啊，這無關緊要。其實，我跟那個姓松平的警衛談過幾次以後，發現一件事。江草前往宮本鑄造的時候，總是自己開車，車子大多停在宮本鑄造的大樓正前方鐵門前的馬路旁。然而案發當晚，江草似乎是開著公務用的卡車過來的。」

「哦？松平怎麼知道？他看到那輛卡車嗎？」

「不，他沒走出去確認，所以不太清楚。不過引擎聲聽起來顯然與江草平常開的車子不同，屬於大型車種。」

「那麼江草回去時，也是開同一輛車嗎？」

「嗯，一樣停在鐵門前面。」

大助沉思了一下。

鶴岡想在榎本博士剛才坐的沙發上坐下，卻擔心有人突然闖進來，於是又站起來，在室內踱步，邊想邊說：「那輛疑似卡車的車上有沒有可能載了什麼足以在社長室裡製造火災、殺害宮本的物品。」

「那樣就表示有共犯了。」大助抬頭說，「如果想把卡車上的東西搬到三樓，又不被警衛發現，那就必須從三樓大廳的窗戶吊上來。要辦到這一點，樓下得要有另一個人幫忙。」

「沒錯。」鶴岡用力點頭。「所以我叫狐塚去打聽江草身邊有沒有這樣的人，結果為數還不少。江草公司裡的員工有許多親戚，光是弟弟、妹婿、姪子、外甥等等就有七、八個，素行不良的是有竊盜前科的妹婿，不過其他人的風評也不太好。」

「需要用卡車搬運的巨大物品，又能從三樓吊上來，還可以放火，究竟是什麼東西？」大助納悶不已，從桌上的菸盒裡取出雪茄，撕破包裝紙，啣進嘴裡。

鶴岡目不轉睛地看著大助叼在嘴裡的雪茄。「你每次在房間裡叼起那玩意兒，我都會一驚。」

大助用打火機點燃雪茄，開口說：「我在這棟建築物的三樓也做了一扇可以俯瞰大馬路的窗戶。江草一定會用相同手法殺我的。」

「哦？原來雪茄這玩意兒這麼難點啊？」鶴岡仍然目不轉睛地觀察大助的手，這麼說道。「點好久呢。」

「嗯，比起香菸確實比較久。」

鶴岡和大助各自沉思的時候，營業課長——之前擔任千代田格蘭大飯店社長的菊田敲了敲門，意氣風發地走進來。「社長，我成功了，哇哈哈哈哈！」

鶴岡以立正姿勢行禮。「那麼，社長，恕我告退。」

鶴岡離開後，菊田一屁股在沙發上坐下，朗聲說道：「在今天的說明會上提到，太空科學研究所預定今秋發射的技術實驗衛星FFTS．2，全部預算包括火箭在內，總共五十六億圓，其中真空鑄造的零件預算約有四億圓，我們公司要搶下這些預算，還有之前送出去的距離變化率計測裝置的試作品，我們公司的產品品質比江草鑄物工業更好，報價也更低廉，所以太研所已經決定全部發包給我們，江草他們一定慌了。哇哈哈哈！」菊田扮演中小企業營業課課長，一身符合角色的樸素裝扮，卻掩飾不了頂尖人物的威嚴及銳利的眼神，態度和語氣處處流露出豪傑的風采。「哎呀，這讓我想起二、三十年前的過去哪。說真的，實際奔走之後，我感覺一下子變年輕了，昨晚也和內人……。啊，無關緊要，不過我還是適合這種工作呢，而且竟然能在你底下工作，這麼有趣又愉快的機會，可是世間少有。我完全沒想到，二十幾年前曾經在我膝上尿褲子的你，竟然幹起這一行來了。哇哈哈哈，你還記得嗎？」

大助苦笑說：「早就不記得啦。可是，現在又讓你做這種無聊的工作，真的很過意不去。」

「不不不，沒什麼好在意的，我做得很愉快。雖然不知道詳情，不過我從喜久右衛門老爺那裡聽說，這個工作對社會有很重大的意義。」

「也沒什麼重大的意義啦……」大助窮於回答，搔了搔脖子。「唔，對社會的確有益。」

「對吧對吧，所以你才會無視盈虧，做出那麼低廉的報價哪。真是的，一定會大虧損，不過一切就交給我吧。不用多久，我一定會賺回本的。哇哈哈哈！」

菊田離開後，擔任祕書的鈴江立刻敲門進來了。「大助少爺——不，社長，我有事稟報。」她似乎有點激動。

「什麼？」大助微微瞇起眼問她。

「江草鑄物工業的社長打電話來，說想要向您打聲招呼。」

「這麼快就來啦。」大助站了起來，一邊笑著，一邊在房裡踱步。「今天才在報價上贏過他呢。」

「恐怖的事終於要開始了。」鈴江全身顫抖。

「才不會有什麼恐怖的事呢。」大助露出笑容，走近鈴江，拍拍她的肩。「千萬別擔心，我們會在那傢伙出手前逮住他，我也不想被殺啊。」

「可是，還不知道他會用什麼方法傷害您啊。」鈴江挨近大助。「我還是很擔心。」

「別擔心，一開始他只會來勘查吧，妳要是再這麼沒完沒了地瞎操心，又會變瘦喔。」大助摟住鈴江的肩。他發現這兩、三天雖然與鈴江住在同一個屋簷下，卻極少親密交談。

有人敲門，兩人急忙拉開距離。

浮田腋下挾著帳簿走進來，一板一眼地行了一個禮。步入中年的他，幾個月前還是阪神金屬工業的幹部，現在則是中小企業一絲不苟的會計課課長。

「少主，設備投資的帳簿總算完成了，請您過目一下。」

「全都交給浮田先生你裁決就行啦。」大助苦笑道，回望著鈴江說：「得回覆江草才行呢。」

鈴江點點頭說：「一個小時以後，他應該還會再打電話過來。」

「那麼妳告訴他，營業時間很忙，請他晚上七點以後再過來。」

鈴江以旁人幾乎看不出來的動作微微蹙眉，向大助行禮說：「知道了。」

鈴江離開了，大助配合浮田一板一眼的性格，走到辦公桌前一屁股坐下，重重點頭。「那麼我來看看吧。」

「是。」浮田一瞬間面露喜色，恭敬地將帳簿放到大助面前，對著開始翻頁的大助說明：「鑄造工廠的設備自不必說，所需之物也全數購齊了。不僅如此，那個完美主義的頑固老頭榎本博士還購入許多較少使用的機械。如您所知，一開始預定六十坪大的一樓工廠，不得不擴建到整個地坪。此外，我想少主也很清楚，那個頑固老頭要求所有機械都是最新款式……」

「不好意思打斷你，浮田先生，」大助注視著他說，「能不能別叫我少主？」

「失禮了。」浮田挺直背脊，回視大助片刻，不久便眼泛淚光，弄霧了鏡片，他取下眼鏡擦拭。「恕小的斗膽，但是少主，對於小的來說，除了少主以外，沒有別的稱呼了。少主您還記得嗎？小的以前曾經不慎觸怒性情火爆的老爺，差點被老爺用手杖痛毆。當時，少主哭著阻止了老爺。從那時候起，小的就期盼有一天能夠報效少主，無論少主從事什麼樣的事業，小的都會立刻趕來，就算拜託少主，也要讓小的盡犬馬之力，這是小的長年以來的夢想……」浮田哭了出來，淚流滿面，拿出了手帕。「喜久右衛門老爺似乎知道小的這個心願，才會立刻把小的找來吧。能在少主底下負責會計工作——您要說這是老掉牙的思想也無妨，但是小的現在有如置身天堂呀！」浮田說完，終於嚎啕大哭了起來。

大助束手無策，左右為難，浮田總算漸漸平靜下來，戴上眼鏡。「抱歉，小的失態了。但是因為這份工作，小的似乎年輕了二、三十歲，這一切都是託少主的福。昨晚，小的與內人展開睽違許久、激烈的……，呃，這不重要，請容小的繼續說明。」浮田指著大助翻開的那一頁。「這是真空幫浦及附屬設備，算是目前價格最高的機械之一。」

「真空幫浦……？」大助忽地抬頭，露出沉思的眼神。

「是的。有什麼不對嗎？」

「不，沒什麼，只是想到一件事。」大助站起來，在房間裡來回踱步。

敲門聲響起，鈴江又走了進來。「一位姓猿渡的先生來訪，他說是少爺的朋友……」

「哦，馬上請他進來。」大助這麼命令鈴江，回頭對浮田說：「浮田先生，這份帳簿我會慢慢研究。」

「是，請您慢慢看。這樣啊，少主願意看啊，小的真是感激不盡。」浮田高興地說完，深深一鞠躬，便離開了房間。

「哦？這裡是一樣的呢。」猿渡和浮田錯身而過，一走進房間就調查起門鎖的狀態說道，「型式雖然有點不同，但如果完全一樣，江草會起疑吧。只要機能相同就行了。哦？坪數也很接近呢。嗯，辦公桌的位置在那裡，空調的管線在那裡。」猿渡無視於大助，把室內四周調查過一遍之後，一屁股坐在沙發上。「我完全投降了，不管怎麼想都解不開詭計。那個江草龍雄一定是個老奸巨猾的傢伙。有那麼聰明的腦袋，怎麼不用來做生意呢？」

「江草今天晚上會過來。」

大助說道，猿渡跳也似地站起來：「他終於聯絡了嗎？好，我立刻向組長報告。當然，江草應該不會今晚就殺了你，不過你還是要警戒一下。」

猿渡就要動身回去，大助急忙叫住他。「唉，先等一下。你的性子還是這麼急，有件事我想找你商量。」

「咦？你發現了什麼嗎？」

「只有一半。」大助一邊思考，一邊慢慢說：「真空鑄造會使用到真空幫浦。我在想，能不能利用這個真空幫浦進行密室殺人。其實剛才鶴岡兄來過，提到案發當天江草他……」

猿渡用力點頭說：「他好像是開大卡車過來的吧，這件事我在樓下聽說了。真空幫浦是可以輕鬆放在卡車上載著走的嗎？」

「應該不行吧。」大助搖搖頭。「就算有共犯，兩、三個人也沒辦法。」

「就算有更多人搬運，」猿渡想了一下，回望門口。「從走廊拉管子到這道門，貼在鎖孔上，吸出房間裡的空氣，然後……」猿渡也用力搖搖頭。「還是不行吧，有氣壓的問題。若非完全的氣密室，氣壓不會那麼容易降下來的，空氣一定會從其他地方跑進來，而且這個房間還有通風管。再說，就算氣壓降到一半，人也不會死掉。」

「我明白了！」大助陡然睜大眼睛叫道，得意地笑了。「那傢伙的確是和共犯用卡車載了什麼東西過來，然後把管子拉到鎖孔。不過，他們載的不是真空幫浦，而是其他東西。」

猿渡也恍然大悟，拍了一下膝蓋說：「原來如此，我也明白了！」

「各位讀者，怎麼樣？」大助轉向讀者開始說道，「如果不是真空幫浦，那麼犯人是用什麼東西完成密室殺人呢？作者已經將線索全盤托出，我想各位讀者也應該了解吧。既然大部分讀者都已經明白詭計，我想，如果破案之前的過程拖得太長，讀者一定會覺得無聊，所以我們把時間一口氣跳到破案當天。原本嫌犯江草今晚即將來打探情況，直到作案當晚之前，他應該還會來兩、三趟。這些冗長的段落就全數省略，稍微交代接下來的經過就好。不出所料，江草是個十分惹人厭的傢伙，他似乎深信只要說出挖苦與嘲諷以外的話，就會被別人小覷，是社會上常見的典型人物。他在向我刺探情報的時候，也不斷地冷嘲熱諷，一下子說受過大學教育的人不了解同行之間的義氣，一下子說謀取暴利比削價競爭來得有道義，淨講些有的沒的。他來了兩、三次之後，似乎發現我和宮本社長有類似的習慣，而這間社長室的格局與之前的犯罪現場——宮本社長的辦公室也非常相似，不過他並沒有起疑。可能是壞人獨特的精神構造，讓他只看得見對犯行有利的一面。換言之，每當我抽雪茄，他的眼神便為之一亮；知道我因為天氣的關係，沒有使用空調，便露出心癢難耐的模樣；聽到我下班後也會一個人待在社長室一邊聽音樂一邊加班，更是滿臉發亮。他的態度露骨地顯示殺意，犯罪計畫越來越堅定了。那麼，差不多該進入大結局了。話雖如此，在江草實際來訪之前，我並不知道他是否真的在今晚作案。因此，在接到江草說今晚要來訪的電話以後，我就像平常一樣只聯絡縣警本部，請他們監視現場附近。晚上八點半，鶴岡刑事從一樓警衛室打電話給我，說江草開著卡車前來，要我提高警覺，我才驚覺來者的目的。江草依約來辦公室找我，以『其實也沒什麼事』為開場白，像平常一樣責備我削價競爭的做法，並訴說經營的困境，訴苦了好一會兒，三十分鐘以後，總算從沙發上起身。」

「不好意思，囉嗦了這麼久。你忙著做研究，我還跑來打擾，真是對不起啊！」肥胖的江草龍雄譏諷地說道，慢吞吞地從沙發上起身，瞄了大助一眼，確定大助剛才放進菸灰缸裡的雪茄完全熄滅後，往門口走了過去。

大助送他到門口，和他再次道別之後關上門，鎖上彈簧鎖時還故意弄得很大聲，好讓應該在門扉另一端豎耳傾聽的江草聽見。接著他快步折回辦公桌，拿起電話直撥夜間警衛室，壓低了聲音說：「鶴岡兄，江草離開社長室了。」

「知道了。我在這裡待命，先關掉電梯電源。組長會從樓梯上去。」鶴岡以緊張的語氣應道，「你千萬要小心。」

同一時刻，狐塚躲在興和鑄造公司大樓對面一家小雜貨店的鐵門前，望著大樓三樓，眼睛一亮。「喂，江草開窗了。」

一旁的布引也盯著大樓前面的那輛卡車，全身緊繃。「果然是那傢伙。坐在駕駛座的是江草的妹婿，那個叫八坂的傢伙爬上貨架了。」

「江草從三樓垂下繩子，他打算吊什麼東西上去？」

「是管子吧。喏，喏，果然沒錯。八坂在貨架上立起鋼瓶，他把繩子綁在管子前端。果然是氧氣，就像猿渡說的。」

狐塚不甘心地低吼：「我竟然沒想到是氧氣！」

「那些人有使用執照嗎？」

「應該有吧！焊接及切割金屬時，都要用到氧氣。」

江草把管子前端拉到三樓，離開窗口。江草的妹婿——姓八坂的年輕男子正站在卡車貨架上，將管子末端安裝在氧氣鋼瓶的活門上，以專用把手轉動桿軸。

在三樓的窗邊，會客大廳的一角，猿渡正躲在沙發後面，悄悄地監視江草的舉動。江草拿著管子前端，折回社長室門口，將吸盤狀的噴嘴緊緊按在鎖孔上。

此時，大助在社長室裡面，從置物櫃裡取出防火裝套在西裝上面。從鎖孔釋出氧氣的嘶嘶聲，被音響喇叭傳出的音樂掩蓋，濃度約百分之二十一的含氧量正不斷地攀升。大助為了忠實重現江草的作案情況，正打算採取極度危險的行動，這件事他連對同僚都沒有說明。當氧氣濃度達到接近百分之三十時，物品會變得易燃，形成非常危險的狀態。當大助戴好防火帽時，室內的氧氣濃度已超過百分之三十了。

江草龍雄瞥了手錶一眼，把噴嘴從鎖孔移開，將管子拉到窗邊，再次用繩索吊下去。他關好窗子，走到電梯前按下按鈕。

標示燈沒亮，江草慌忙仰頭一看，樓層顯示面板的燈光也熄了。

「嗨！」江草感覺有人，吃驚地回望大廳。

猿渡正站在沙發後面。

「哎呀！」江草輕聲尖叫，正想跑向樓梯間。

樓梯間的門從裡側打開，鎌倉警部走了出來，指著杵在原地的江草說：「江草龍雄，我以殺人罪及違反第四類危險物品的罪名逮捕你。」

「我不知道、我什麼都不知道，什麼都不知道！」江草一臉扭曲，一副快哭出來的樣子，渾身虛脫地蹲在地上。「我什麼都不知道啦！」

大助抬起防火帽前方的透明擋板，含著雪茄，接著取出打火機。

隨著「波」的點火聲響起，火焰轟然噴發，雪茄熊熊燃燒了起來。大助扔下雪茄，火勢轉眼間延燒到鋪著地毯的地板，桌椅及其他擺設物一口氣被火焰包圍。如果沒有穿上防火衣，大助的西裝肯定也會在瞬間燃燒。在熊熊大火中，大助朝門口直奔而去。他解開彈簧鎖，打開門鎖，全身裹著火焰，朝大廳滾了出去。

大廳一角傳出了悲鳴。由於擔心大助，不知何時藏身在大廳的鈴江從沙發後面站起來。「大助少爺！」

「猿渡，幫忙滅火！」大助指著事先擺在角落的幾具滅火器，跑了過去，拿起其中一個，折回社長室門前。

鎌倉警部被這場騷動分散了注意力，江草趁機逃進樓梯間。

「啊，他跑了！」猿渡抱著滅火器叫道。

「笨蛋，怎麼可能逃得掉？一樓有鶴岡他們在埋伏。」

鎌倉警部和鈴江也幫忙滅火。

火勢撲滅時，社長室與大廳地板都是滅火器的泡沫，彷彿洪水過境。

「神戶，為什麼這麼亂來？」鎌倉警部用手背擦拭著額上的汗水，對大助投以責怪的眼神。

「這是為了讓江草罪證確鑿，讓他無法抵賴。我擅自冒險行事，真是抱歉。」大助脫下防火帽說道。

「太胡來了！要是一時之間門打不開，那怎麼辦？」鈴江渾身濕淋淋，花容失色地叫道。「那麼一來，您豈不是要被活活燒死了？」

「妳才是，怎麼躲在那種地方呢？」大助也對鈴江反駁。「要是被江草發現，搞不好妳已經被殺了。」

鈴江怨恨地瞪著大助，轉眼間哭了起來，淚如雨下，也顧不得鎌倉警部和猿渡在場，放聲大哭：「我就是擔心少爺才躲在這裡，而您一點都不了解我的心情吧？我坐立難安，沒辦法在家裡等，您為什麼一點都不了解我的心情？您知不知道我多擔心您啊？您卻說出這麼不講理、這麼不講理的話……」

三個男人茫然地看著不停哭泣的鈴江，此時電梯門打開，鶴岡走了出來。「怎麼回事？」

「神戶一時魯莽搞出來的。話說回來，江草怎麼了？」

「在樓下被逮住，已經交給狐塚他們處理了。車上的八坂也被捕了，狐塚和布引正把他們帶回署裡。」

「向署長報告了嗎？」

「剛才打過電話了。」

「這樣。」鎌倉警部微笑，環顧部下說：「總之，這下子破案了。恭喜各位！」

「恭喜！」

「恭喜！」

「恭喜呀恭喜！」電梯門一開，署長從裡面手舞足蹈地走了出來。

「署長，您來了！」

「諸位好！順利破案，真是太好了。案子拖了那麼久，可是讓我操足了心，我還以為會變成懸案呢。」

鎌倉警部跳了起來，忍不住想掏槍，但一發現說話的人是署長，才勉強按捺下來，轉向大助說：「話說回來，神戶，案子破了，你這家公司要怎麼辦？總不能就這麼丟下不管吧？」

大助回答：「就算沒有我，也會有人負責經營，不過對於僱用的員工和客戶，我也必須負起社會責任。這家公司在成立之初就預期會虧損，所以遲早會解散，不過，請再給我一點時間解決。當然，我會盡快歸隊的。」

大約一個月之後，大助、榎本博士、菊田營業課長、浮田會計課長等四人齊聚在神戶宅邸內喜久右衛門的書房，報告公司的營收狀況。老人喜久右衛門暴跳如雷，眾人紛紛縮起脖子。

「你這個不孝子！你們這些叛徒！竟然給我做出這麼混帳的事來！你說什麼？變

成黑、黑、黑字！賺錢了？一群混帳！誰教你們給我賺錢的！我明明交代要虧損的！你說什麼？不、不、不但黑字，而且因為產品的評價很好，連國外都來下訂單？那不就遲早會變成大企業嗎？你們這些傢伙竟然學不乖，又給我重蹈覆轍！你們想讓我這個老人的負擔更沉重嗎？竟然給我做出這種事，啊，你們這些叛徒！這個不孝子！不准你再當社長了！啊，解僱啦，解僱！你這個不孝子！不孝子！」

第三章

富豪刑事的騙局

吃完杏仁奶油餅，嚐了一口烏干達羅布斯塔咖啡之後，神戶大助開口了：「喏，妳看，今天一直到用餐結束，都沒有報案電話進來耶！」

「真的，這是第一次呢！」濱田鈴江微笑著說，「之前有七次打算與大助少爺一起用餐，其中三次在出門接到警察的電話，取消預約，兩次才剛到飯店餐廳，那個高個子總管就跑過來，要少爺立刻聯絡本署，另外還有兩次在用湯和前菜的時候接到電話，用餐中斷。」

鈴江那極為溫婉、有如波浪般高低起伏的聲調，讓沉醉在一八九八年份瑪歌堡（Chateau Margaux）紅酒的大助宛如置身夢境。「妳記得真清楚。」

他們第一次有機會暢談，大助卻無話可說，也沒有問題想問鈴江。並不是因為大助經常與身為父親祕書的鈴江相處，他認為兩人無話可說，是因為彼此從一開始就有一種默契，不必說話也能夠心靈相通。嗯，沒錯，一定是這樣。

鈴江彷彿猜出大助的想法，笑著說：「接下來您要帶我去哪裡？」

今晚將與鈴江共度的預感逐漸化為現實，大助有些驚慌失措。因為他感覺鈴江也有同感，卻表現得從容自在，而且強勢地逼迫他。

「接下來，我預約了『卡雅克』及『堤拉哥塔』，兩家都是可以跳舞的小酒館，『堤拉哥塔』比較高雅，可以盡情舞蹈，不過『卡雅克』今晚有小山米戴維斯

（Sammy Davis Jr.）駐唱。妳想去哪一家？」

鈴江略微用力眨眼，注視著大助，令他有點吃不消，以為自己又說出什麼有違她生活常識的話來。以前曾經有一次，同事猿渡在一旁聽到大助的電話內容，頓時目瞪口呆，他像在責備大助的資產階級似地說：「你連吃頓中飯、喝個酒，都得預約訂位嗎？」但是從大助的角度來看，他對於人們為何不利用預約這種便利的服務，感到不可思議極了。為了等一頓飯，像隻狗在等候主人下指令一樣，是極為原始的。此外，大助在大學時代，不管到哪家餐廳一定要點全套料理，這件事也被朋友拿來當成笑柄。但是站在大助的角度來看，就像吃日本料理時，味噌湯與醃菜、茶是不可或缺之物，他反而無法理解為何特地跑到餐廳，只為了吃一道有如救難口糧的單品料理。

但是，鈴江眨眼只是在思考大助想去哪裡而已。「大助少爺不喜歡聽歌吧，那麼我們去『堤拉哥塔』吧。」

大助和鈴江沒有付帳就離開了。大助的父親喜久右衛門是這家飯店的老闆，大助自然而然經常利用，飯店會在月底一口氣送來高額帳單。

約二十坪的一樓大廳擠滿了參加婚宴的賓客。兩人穿過散發酒味的人群，走到飯店門廊。這裡是市中心的高級商店街，筆直的大馬路延伸至國鐵車站。

「我們稍微走一下，走到停車場吧。」大助說。飯店的地下停車場已經客滿，他

把車子停在稍遠處鐘錶店友人的停車場。

「今天是個黃道吉日吧。」鈴江邊走邊說。「可是，婚禮和那麼多人擠在同一天……」鈴江原本想說「我不喜歡」，還羞紅了臉。

「是啊，不太好。」大助從沒認真考慮過自己的婚宴，面無表情地同意道。

路旁的高級精品店櫛比鱗次，感覺與這個城鎮格格不入，在離它們較遠的地方有一家鐘錶店，附設停車場，大助的凱迪拉克就停在停車場的入口附近，不過車子旁邊站著兩名年輕人，正透過車窗窺看駕駛座，彼此交頭接耳。兩人都留著雷根髮型，個子很高，其中一人穿著背上有紅龍圖案的黑色運動夾克。大助和鈴江一走近，兩名年輕人便若無其事地走開，還頻頻回頭，以一種品頭論足的眼神看著身穿皮草短大衣的鈴江，不懷好意地笑著走出大馬路。

鐘錶行老闆正在店裡一臉擔憂地看著大助及鈴江。大助催促鈴江，兩人先走出大馬路，再走進明治二十三年創業的老字號鐘錶店。

「那兩個人從剛才就一直站在你的車子旁邊。」老闆說。「車子沒事嗎？」

「好像沒事。」大助回答。

「最近停在這附近停車場的車子，不是天線被扭彎或折斷，就是車身被刀子刮傷。」老闆在珠寶展示櫃的另一端睜大眼睛說。「我懷疑就是那兩個人幹的。」

「這位小姐的生日就在這個月。」大助拿出雪茄，含在嘴裡，詢問老闆說：「有沒有什麼不錯的土耳其石戒指呢？」

「哎呀，土耳其石戒指我已經有了。」

鈴江急忙說道，大助回頭看她，笑道：「那是妳學生時代的小戒指吧？根本是玩具嘛。」

「有一款做工很精緻的土耳其石戒，那是最高級的。」老闆連忙拿出珠寶盒，放在展示櫃上。「也有不錯的天青石。」

大助不容分說地買下那只土耳其石戒指，當場送給鈴江。

兩人走回停車場一看，剛才那兩個年輕人這次大搖大擺地並坐在凱迪拉克的引擎蓋上，整支雨刷從根部扭曲變形。他們把玩著刀子，嘴巴半開，擺出瞧不起人的表情，看著大助與鈴江走近，不懷好意地笑著。

「哎呀，好過分！」鈴江看到雨刷，撫摸引擎蓋上被刀子刮的傷痕，悲傷地叫道。「這輛車一個月前才買的耶。」

「是你們刮傷停車場裡的車子嗎？」大助問年輕人。

「是又怎麼樣？」黑夾克男維持白痴般的笑容反問。

「如果是的話，那就請你們跟我到警察局一趟了。」

大助一說完，黑夾克男便轉頭對另一名年輕人大聲說：「喏，我說的沒錯吧！越是這種有錢人，越喜歡動不動找警察。明明他們自己才是賺黑心錢的壞蛋哪。」

眼神陰沉的對方挑釁地開口：「你打算怎麼帶我們去警察局啊？」他拿起刀子用力刺向引擎蓋。「讓我們搭這輛車去嗎？啊？說啊！」刀子「嘰嘰嘰」地刮過引擎蓋。「大搖大擺地停在這附近的高級車就是被我們刮的啦，怎樣？哼，你有本事把我們帶去警察局嗎？試試看啊？」

「鈴江，不好意思，麻煩妳開車。」大助說道，打開後車門。「好！那你們乖乖坐上來吧，警察局就在附近。」

「你這是什麼口氣？」兩名年輕人憤怒得直瞪眼，再次亮出刀子，從引擎蓋上跳下來，逼近大助。

「明明怕得要死，別逞強啦。」

「你要是敢繼續說大話，別說車子，看我把你的臉也刮下來！」

黑夾克男把大助嘴裡的雪茄打下來。「乖乖上車的人是你，竟然擺出一副有錢人的嘴臉命令別人。」

「什麼警察局就在附近！啊？你又不是警察！」

「我就是啊。」大助說道。

兩名年輕人瞬間愣了一下，接著笑了出來：「聽你鬼扯！」

「喏，快上車吧。反抗的話，再加一條妨害公務執行罪喔。」大助說著，朝兩人秀出警察證。

「噢！」

黑夾克男拔腿就逃，大助伸腿絆倒他，又扭住另一個年輕人的手，沒收刀子以後，把他推進轎車後座。這一連串動作只花了五秒鐘。

「喏，你也上車。」大助朝著趴在水泥地上的黑夾克男說，「逃也沒用，遲早會被抓的。」

黑夾克男半屈著身子，正在思考該不該逃跑，突然驚慌失措地叫了起來：「放我一馬吧！我是第一次做這種事，真的！」

大助自己也坐進後座，冷冷地說：「你到底進不進來？」

黑夾克男指指後座的同伴，他的同伴已經放棄抵抗了。「你要把他帶走吧！」

「是啊。」

「那我也去。」黑夾克男不情不願地坐在大助旁邊。

「夠義氣。」大助說道，笑了一下，對駕駛座的鈴江說：「不好意思，請載我們到警署。」

鈴江從後視鏡瞪著大助，大助歉疚地悄悄伸手朝她一拜。車子駛出大馬路。

「誰知道警察竟然會開這種最新款的凱迪拉克嘛！對吧？」黑夾克男以哭喪的聲音不停地辯解。

大助心想，他們應該還未成年。

「可惡！怎麼會有這種事！」年輕人哭了出來。「明明是個刑事，怎麼會抽雪茄，買珠寶給穿皮草的女人嘛！為什麼區區一個刑事會這麼有錢，混淆視聽嘛，可惡！」他哭個不停。

「這個社會是很複雜的，明白嗎？」大助說道。

黑夾克男突然一本正經，低聲呢喃：「沒有人告訴我們，社會竟然這麼複雜啊！」說完，他又一臉糾結，再度哭了起來。「我根本就不知道嘛！」

「振作一點吧，笨蛋。」眼神陰沉的少年不屑地說道，以下巴比比鈴江。「這女的是女警嗎？」

「哎呀，真不敢當。」鈴江說道。

凱迪拉克在警署的停車場停妥後，大助要鈴江在車上等一下，他把兩名少年帶到警署二樓的防犯課。正要把他們移交給少年組一名娃娃臉的刑事丸賀時，原本悶聲不響的陰沉少年突然抗議說：「這是誘捕行動，對不對!?」他抬頭挺胸，故意扯開嗓門，好讓周圍的警察也聽得見。「這就是最近再度引發爭議的辦案手法，我要向報社投訴！警方故意偽裝成有錢人，讓美女警察穿上皮草大衣，開著最新款的凱迪拉克，引起我們的反感，誘騙我們犯罪！你們打從一開始就打算逮捕我們。警察可以像這樣做戲，故意教唆我們犯罪嗎？我要把事情鬧大！把事情鬧大——」在場的刑事紛紛哄堂大笑，年輕人吃了一驚，東張西望。「幹嘛？有什麼好笑!?」

「這個人可是貨真價實的大富豪。」丸賀刑事笑著說，「這位刑事先生抽的是特地從哈瓦那進口的雪茄，一支要價八千五百圓呢！」

同樣是少年組的胖女警早野打趣地說：「他手上的這支錶啊，可是勞力士SPECIAL，一支要價兩百五十萬圓呢。在他二十幾支手錶裡，這支算是最便宜的。」

「請別鬧了。」大助紅著臉，害臊似地瞪著少年。「我可要聲明，跟我一起的小姐不是女警，是我約會的女伴。順道一提，我今天不當班，而且我不是防犯課的刑事，是刑事課搜查組的。知道嗎？」大助說完後，匆匆忙忙地離開防犯課辦公室。

「那種有錢人還當刑事，簡直是犯罪！」少年們在大助背後自暴自棄地大叫道，「光是有錢就已經犯罪了，還當什麼刑事，根本是犯罪的平方嘛！」

大助心想，也難怪他們會這麼想！經過走廊的時候，猿渡刑事突然現身，攔住了他。「喂！神戶，你今天不是休假嗎？」

「我遇上不良少年，所以把他們帶來了。」大助從同事的表情和態度立刻察覺有重大案件發生。「發生了什麼事？」

「綁架案。剛才成立搜查總部。組長是專辦綁架案的老手飛驒警部，他馬上就到了，接下來還要召開搜查會議。」

「我也要去。」大助叫道。

「你還是老樣子哪。」猿渡苦笑。「不過也無妨啦，反正到時候人手不足，還是會把你叫來的。」

充當搜查總部的會議室裡，刑事們已齊聚一堂，狐塚刑事一如往常，以一種神經緊繃的尖銳語氣說明案件經過：「肉票是高森陽一先生的獨子高森映一，今年六歲，就讀小學一年級。映一小朋友昨天放學後遲遲未歸，他的家人非常擔心，下午三點接到一通陌生男子打來的電話，對方要求家屬在明天早上——也就是今天早上八點半，帶著五百萬現金到國鐵車站後面的公園交付贖金。」

才五百萬嗎!?——大助差點大叫，硬是嚥下了憤怒的苦澀唾液。因為他認為，一個孩子的性命竟然只值五百萬，這也太輕視人命了。可是很快又想到五百萬相當於自己一年又幾個月的薪水，於是產生一種複雜的心情，唧唧哼哼了起來，頓時陷入一團混亂。大助的鉅額家產與他的低收入是兩個遙遠的極端，不管經過了多久，他的金錢觀始終無法在兩者之間取得平衡。

「歹徒在電話中警告『要是報警，小孩就沒命了』，所以高森先生並沒有報警。當時，他的公司金庫裡剛好有將近五百萬的員工薪資，所以他把這些錢加上自己的錢裝進皮包，今早獨自前往車站後面的公園。八點半整，一名戴墨鏡及口罩、疑似歹徒的男子出現，搶走了皮包，高森先生來不及追趕，男子就消失在車站的人潮中。然而高森先生返家後，始終等不到映一小朋友。到了下午一點，歹徒又打電話過來，要求他再準備五百萬。肯定是食髓知味。高森先生終於無法承受，於是打電話報警。警方在剛才約五點的時候接到報案電話，高森先生整整煎熬了四個小時，真令人同情。」

「之後歹徒還有聯絡嗎？」鶴岡刑事那有如學者般的臉一片憂愁，他一面在記事本上寫字，一面詢問狐塚。

「沒有。」狐塚轉向鶴岡，以略微恭敬的語氣說，「已經派布引到被害人家，不過他還沒聯絡。」狐塚面對眾人，露出尖銳的犬齒，壞心地一笑。「派他過去，是因為被害人的家可能遭到歹徒監視。換句話說，布引是我們當中最不像刑事的一個。」

眾人想起布引刑事那矮胖的外貌，紛紛竊笑了起來。

「一接到電話，我們就派布引扮成瓦斯工過去了。當然，瓦斯工人要是在被害人家裡待太久，也會讓人起疑，遲早得派人過去換班才行。」

「廢話嘛！」長相酷似葛倫・福特（Glenn Ford）的飛驒警部怒吼道，走了進來。「為什麼讓他喬裝成瓦斯工？要是歹徒監視被害人的家，十之八九都會猜到警方已經有動作了。」

「組長，您來了。」全員從椅子上起身。

「可是組長，」狐塚一陣惱火，不滿地反駁說。「除了瓦斯工，沒有其他職業適合迅速喬裝了。」

「所以每次一碰到綁架案，刑事就喬裝成瓦斯工。不止是三流作家寫的推理小說，電影、電視也一樣，只要一遇上綁架案，刑事一定會偽裝成瓦斯工，這已經是眾所周知的常識了，拜託你們稍微動一下腦好嗎？」飛驒組長雙眼一瞪，掃視全員。

「誰知道停車場那輛鮮紅色的凱迪拉克是誰的？」

「是我……，不，是小的。」大助正好站在入口附近，就在飛驒組長旁邊，他拘謹地回答。

「傳說中的富豪刑事就是你啊！」大助還穿著大衣，飛驒將他從頭到腳仔細觀察了一遍。「那麼，車上那個穿皮草大衣的美女是誰？她也是你的……」

「不，她不是我的——不，這、呃……」大助語無倫次地說明。「她是家父的祕書，呃，我今天正好……休假，所以……，呃，在鐘錶店碰到不良少年……」

「你在說什麼啊？」飛驒組長板起臉來。「我根本聽不懂。總之，你跟那位小姐說明情況，請她開著那輛凱迪拉克一起去被害人家。就算歹徒在監視，也料想不到那是刑事。原本是誰要去被害人家？」

「是我！」猿渡興高采烈地叫道。「竊聽器、反追蹤器、錄音機等等都準備好了，操作儀器的技術人員也在待命了。」

「好，立刻過去。」

飛驒組長命令猿渡，大助急忙開口：「我不能一起去嗎？」

「你還有其他任務吧。」狐塚不懷好意地笑著，並插嘴說，「你今天好像休假，不過既然來了，休假就得取消囉，要服從命令啊。」

「這件高級大衣借一下吧。」飛驒組長抓住大助的衣襟，拉扯著說道。「盡可能以公子哥兒的舉止上車啊，就算被歹徒看到，也會以為是送錢過來的親戚。」

「不好意思。」猿渡穿上強行從大助身上剝下來的大衣，朝他眨眨眼。「我也見過鈴江小姐，我會把詳細情況告訴她，請她幫忙。讓我代替你和她一起兜風到高森家吧。」

「這個嘛，我想她不會拒絕啦。」但是她應該會生氣——大助心想。

「可是，說起來都是你不對，誰教你把鈴江小姐丟在停車場，自己跑來開會？這是天譴。」猿渡有些同情地說道，然後離開了。

「其他人就以狐塚為主，在車站周邊進行查訪。」飛驒組長坐在中央的辦公桌，俐落地下達指示。「嫌犯如果戴著墨鏡和口罩，站務人員應該會有印象。」

「飛驒組長，能不能派我到高森的公司？」鶴岡和警部似乎是老交情，他這麼要求。「嫌犯第一次要求的贖金與公司金庫裡的現金數字相符，很有可能是熟知內情的人幹的。」

「好吧！」組長看了看手錶。「或許還有職員留在公司，你就帶著那位富豪刑事一起去吧。」

「請別再叫我富豪刑事了。」大助不滿地說道，飛驒組長第一次笑了。

「噯，別那麼生氣嘛。」

搜查行動開始了。

若要以文章表現幾組刑事同時辦案的情形，那是不可能的。不過，作者不考慮是否會造成讀者混淆，盡可能展現同時辦案的過程，這是為了表達一位刑事在進行搜查的同時，其他人並非遊手好閒。至於效果如何，作者就不負責了。

猿渡等人搭乘鈴江駕駛的凱迪拉克，抵達位於市郊住宅區的高森家。猿渡與另一位技術員將儀器等物品裝進行李袋，偽裝成隨身物品帶進屋內。

鈴江也跟著兩名警員一起進入高森家。同時間，狐塚刑事正在車站角落向一名站務員問話。

「今早八點半左右，怎麼樣？有沒有看到這樣一個人？」

「那個時段正好是通勤尖鋒期耶。」站務人員歉疚地搖搖頭。「上下行列車交會，幾乎毫不間斷，車站裡擠滿了趕往這一帶大樓上班的上班族。」

狡黠的歹徒之所以指定八點半這個時間，正是算準了交通尖鋒時刻。狐塚發現這一點，氣憤極了。同一時間，鶴岡刑事與神戶大助正在老街的小工廠地區奔走，被路邊的機動三輪車及卡車擋住去路，繞了遠路才抵達高森建設金屬製造公司的工廠兼辦公室。

「這麼晚了，還有人在嗎？」大助跳過地面上被路燈照亮的積水說道。

「現在才七點，應該還有人在吧。」鶴岡說，「社長把金庫裡的錢全部拿走了，會計多少知情，應該會留下來。或許高森先生也吩咐會計設法籌措第二次的五百萬圓贖金，而且聽說發薪日快到了。」

「這種小工廠的經營這麼困難嗎？」

鶴岡以悲傷的表情斜睨著大助說：「我父親以前開一家小工廠，他可是非常腳踏實地在經營，結果還是破產了。唉，市況這麼不景氣，能夠輕鬆經營的工廠應該所剩無幾了吧。」

大助與鶴岡站在已拉下鐵門的高森建設金屬製造公司前，按下員工出入口的門鈴，此時，猿渡等人正在高森家的客廳聽取布引刑事的交接簡報。

「綁匪後來並沒有來電。」長相酷似艾佛瑞・紐曼的布引穿著瓦斯工的服裝，張著缺牙的嘴如此說道，以那嬰兒般的粗短手指，指向三坪大客廳角落的那具電話。「電話在那裡。」

「我立刻準備。」負責操作儀器的技術員將電話挪到中央的大桌上，開始接上竊聽器、反追蹤器、錄音機等等。

「現在，家裡有男主人高森陽一先生、夫人歌子女士，還有一位幫傭的大嬸，總共三個人。剛才我已經向高森先生說明下一通電話打來時該怎麼應對。高森先生會對綁匪說，家裡及公司現在都湊不到五百萬現金——事實上也沒有——要綁匪等到銀行明天營業以後。高森先生會盡量拖延談話，好爭取反追蹤的時間。」

「明白了。」

猿渡對布引點點頭，此時，男主人高森陽一從隔壁的起居室走了出來，一臉憔悴。他的長相斯文，一點都不像小工廠的社長，而且那張神經兮兮的臉現在因苦惱而糾結，教人看了同情不已。話雖如此，猿渡與鈴江也沒見過高森社長平素的模樣，當然無法準確得知事件發生一天多以來，高森社長究竟變得有多憔悴。

「這位是我的同事猿渡，接下來輪到他留守。」布引向高森介紹。

「敝姓猿渡。這位是喜多，負責追蹤電話，還有……」猿渡不知該如何介紹鈴江，有些困窘地晃了晃身子。「呃，這位是濱田鈴江小姐，協助我們這次的偽裝行動，她只是民眾。」

鈴江只是向高森默默地行了一個禮，本來想說「請節哀順變」，又想到這是對喪家說的話便打消了念頭。

「那麼我先告辭了。」布引向心不在焉的高森行禮之後，對猿渡等人說：「那麼，我等一下要回總部報告。瓦斯工一直賴著不走會引起懷疑。」

布引離開後，猿渡立刻詢問高森：「我能了解你的心情，請問夫人現在怎麼樣了？」

高森坐在沙發上沉思，此時突然回過神似地一臉驚訝地抬起頭，眨眨眼睛。「她在起居室，一句話也不說，我有點擔心。」他的視線垂落到膝蓋上。「如果有人陪她聊聊天就好了。」

猿渡瞄了鈴江一眼。

鈴江沒有自信能夠陪高森夫人說話，不曉得該說什麼，也不覺得自己能夠緩和夫人緊張的心情。即使如此，她還是希望自己能為夫人做些什麼。鈴江心想，或許待在夫人身邊，就可以把自己的心意傳達出去，也希望藉由陪伴來安撫夫人的情緒。

「那麼，我去陪陪夫人。」

鈴江說道，高森以一種不安的表情注視著她。

「麻煩妳了。」猿渡說，朝鈴江行禮。

鈴江走進客廳旁邊的餐廳兼起居室時，狐塚正在車站向零售店的大嬸問話。

「唔，大概就是這樣一個人，應該很著急地跑過這裡。」

「不曉得耶。」大嬸擺出一種說的越多損失越多的表情，冷淡地回答。

「能不能請妳回想一下？大概是過八點半的時候。」

狐塚邊嘆息邊問道。不過那個大嬸擺出一張臭臉，嫌他妨礙生意似地背過身子，裝出忙碌的模樣應付接二連三來買菸的客人。

狐塚死了心，正要離開零售店時又停下腳步，他發現從這裡可以清楚看到車站後面的公園——也就是今早高森社長交付贖金給綁匪的公園。為了車站內的採光，零售店正面的牆壁有一部分嵌上了透明玻璃。

「啊！」狐塚回過頭來，再度大聲詢問那個大嬸：「在那個時間，有沒有看到那樣的男人出現在公園裡？不，妳應該看得到，從這裡絕對看得到。喂，這件事很重要。那個男人與另一個男人正在交談，對吧！」

狐塚氣勢洶洶地問道，不過大嬸只顧著把菸遞給客人，朝他翻了個白眼。

狐塚的脾氣原本就火爆，剛才還很難得地忍耐，這時候終於忍無可忍，朝著大嬸大聲咆哮：「妳把警察當成什麼！」同一時刻，神戶大助與鶴岡刑事正在高森建設公司的辦公室角落，與獨自留守的女會計交談。

「社長剛才來電，要我在公司裡多待一會兒。」年約三十二、三歲的女職員個子嬌小，是個長相古典的美女，講話有點咬字不清。「呃，我去沏茶。」

她正要起身，鶴岡伸手制止說：「不必麻煩了，請回答我們的問題就好。昨天是妳把錢送到高森社長家嗎？」

「是的。」女子行禮。「我叫松平惠美。」

「社長有告訴妳那筆錢的用途嗎？」

鶴岡問道，松平惠美略微皺眉，點點頭說：「少爺他……，呃，被綁架了。」

沒想到高森社長的嘴巴這麼不牢靠，大助與鶴岡面面相覷。

「是高森社長親口告訴妳的嗎？」

大助的語氣很嚴厲，松平惠美露出畏懼的表情說：「是的，呃，我在這家公司已經做了十年的會計，很了解內情，公司出納都是由我負責，所以社長才會對我吐露實情吧。」

「換言之，」鶴岡邊想邊說。「若是在平時，除非有特別原因，就算對方是社長，妳也不會讓他動用公司的錢囉？」

松平惠美紅著臉，扭捏了起來。

鶴岡毫不留情地追問：「高森先生知道這一點，才會對妳說出實情——我可以這麼解釋嗎？」

「嗯，不過也要看金額大小。」好一會兒，松平惠美用指尖揉捏著裙襬。

接著，她突然抬頭，以一種頂撞的口氣辯解：「可是，我在公司的職位並沒有這麼高……，不，我並沒有被賦予這麼大的權力。關於公司的錢，由於最近不景氣，有時候薪水發得遲了，還有那個、特別是呃……，工會的人很囉嗦，所以……」她開始語無倫次，講到一半就沉默不語。

得知公司經營困難及人事狀況複雜，大助與鶴岡又互相使了個眼色。

「聽說充當贖金的那筆現金將近五百萬，是員工的薪水。」鶴岡盡可能公事公辦地提問。

「是的。正確數字是四百六十八萬兩千圓。」松平惠美不假思索地回答。「發薪日是明天，所以錢先放在金庫裡。」

「明天啊！」鶴岡帶著同情嘆息說。「那麼妳明天打算怎麼辦？」

松平惠彷彿感染似地跟著嘆息：「除非客戶有大筆款項入帳，不然薪水又要延發了。明天，應該會由我向所有員工說明理由，請他們再等一等。」

「換句話說，高森社長手邊沒有半毛錢嗎？」大助難以置信地大聲說道。「銀行裡也沒有存款嗎？可是這是一家員工幾十名的公司吧？再怎麼說都……」對大助來說，連這點積蓄都沒有就僱用員工的行為，簡直形同犯罪。

「員工總共有二十二名。」松平惠美眼中閃爍著反抗的神色，對大助說道。「可是，這一帶幾乎都是這種規模的工廠。比起別處，我們的薪水算高的，幾乎都按照工會的要求支付。雖然公司有銀行存款，不過金額不多，如果不拿去支付材料費，公司就要破產了。」

鶴岡發現她提了兩次「工會」，而且語氣不善，於是問道：「高森社長與工會處得不好吧？」

說到工會，幾乎所有員工都會加入吧，所以松平惠美在提到「工會」時，應該是指領導人或委員吧——大助心想。

松平惠美赫然驚覺自己的語氣給了刑事多餘的想像空間，立刻搖搖頭說：「也不是說處不好，倒不如說，社長生性懦弱，幾乎任憑工會予取予求……」她淡淡地笑道。「社長是個知識份子，過於明理。再怎麼說，只是小公司的工會嘛。全體員工都知情，所以也不會要求得太離譜。」

大助察覺松平惠美並沒有對「工會」特別反感，而是對於高森社長軟弱的性格感到焦急，內心不禁一笑。

「那麼，公司員工有沒有誰和高森社長處得特別不好？」

鶴岡提出直指核心的問題，松平惠美睜圓了眼，似乎打從心底感到驚訝。「哎呀，那麼刑事先生認為嫌犯可能是員工囉？」她猛搖頭說，「如果刑事先生是這個意思，我保證絕對沒有。」

她斷定的語氣反而讓鶴岡驚訝。

「因為嫌犯如果知道公司內情，絕對不會要求這麼龐大的數目。」松平惠美接著又說，「嫌犯的確拿到了五百萬圓，可是公司可能因此而倒閉，所以嫌犯絕不可能繼續要求五百萬圓。要是公司倒閉了，現在這麼不景氣，一定會找不到工作，而且其他公司的薪水才不像這家公司這麼高呢。」

鶴岡有點被松平惠美的氣勢壓倒，急忙搖頭說：「妳是會計，難怪一直繞著錢的話題打轉，可是我的問題與錢無關，有沒有人基於個人因素憎恨高森社長？也就是說，有沒有人因為憎恨高森先生，所以想折磨他，讓這家公司倒閉？」

「這我就不曉得了。」她沉思了一會兒，似乎真的沒有頭緒。

「那麼，公司以外的人也可以想一下，有沒有人知道昨天金庫裡裝著將近五百萬圓的現金？」

聽到大助的問題，松平惠美回答除了自己和社長，其他人應該不知道。

「我想，明天得再來一趟吧。」離開高森建設金屬製造公司的大樓之後，鶴岡在歸途上對大助這麼說。

大助心想，鶴岡的意思是光憑松平惠美的片面之辭不太牢靠，也得問問公司裡的其他員工吧。

就在大助這麼想的同時，高森家的客廳——

不，還是算了。

以文章表現同時發生的事，嚴格來說是絕對不可能的，而且這樣的嘗試，只會讓文章變成半調子。剛才的寫法只是徒然讓讀者陷入混亂，如果故事的發展受到阻礙，讀起來不有趣，寫的人也會覺得沒意思。

那麼，為了讓故事變得更有趣一點，乾脆洗個牌，將小說裡的時間順序胡攪一通怎麼樣？當然不是全部攪亂，而是僅連續描寫事件的某一面，結束之後再繼續描寫另一面。這樣讀起來應該比較容易，而對作者有利的另一點是，作者可以藉此設下詭計。雖然范達因（S. S. Van Dine）的「推理小説二十法則」當中，有一項是「除了犯人所設下的詭計以外，作者不可以對讀者玩弄詭計」，但是作者的本職並不是寫推理小説，就算按照規矩來，詭計一下子就會被熟知推理小説的聰明讀者識破，所以請容許作者這種程度的結構操作吧。不過，如果有讀者無論如何都想按照時間順序閱讀，請不必照著次章的小標題〈A〉、〈B〉、〈C〉、〈D〉、〈E〉讀下去，請依照〈A〉、〈A′〉、〈B〉、〈B′〉、〈C〉、〈C′〉這樣的順序閱讀。

A　二十四日晚上八點四十分

當神戶大助與鶴岡回到搜查總部時，由於嫌犯再度打電話到高森家，包括飛驒組長在內的總部刑事們都為此緊張不已，壓低了聲音討論。

「剛才猿渡那邊有進展了。」從高森家回來的布引朝著正走進房間的大助及鶴岡説明。「八點半左右，綁匪打電話進來，詢問贖金準備好了沒。聽説這次是女人，有共犯哪，好像是拿手帕摀著嘴講話，聲音非常模糊，勉強辨識是女聲。高森先生依照我所交代的，開始拖延時間，表示贖金還沒湊齊，明天會向銀行借錢，請對方再多等一會兒，沒想到綁匪意外乾脆地答應了，還説：『寬限你到後天，二十六日早上八點半，和今天早上一樣，把錢放進皮包裡，拿到車站後面的公園。』綁匪一口氣說完，很快就掛斷了電話。雖然沒辦法追蹤來源，不過已成功地錄了下來，錄音帶將由你的未婚妻濱田鈴江小姐……」

「她不是我的未婚妻。」大助紅著臉抗議。

布引張開缺牙的嘴笑了，改口說：「你朋友濱田鈴江小姐回去時，會開著你那輛鮮紅色凱迪拉克送來這裡。總不能一直叫她在高森家幫忙嘛。」

「當然啦。」大助皺起眉頭。「她是家父不可或缺的祕書，請不要過度使喚她。」

「那麼，猿渡他們還在高森先生家嗎？」

「是的，他們當然還在那裡。」布引用力點頭，回答鶴岡的問題。「今晚他們應該會在高森家過夜吧，或許綁匪還會再打電話過來。這次打電話的女人，也不知道是不是真的共犯，綁匪也有可能再度以男聲打電話過來。」

「高森先生為什麼說沒錢，叫綁匪等他呢？」大助有點爭辯地說道。「交易延到後天，不就表示映一小朋友被釋放的時間拖得更晚嗎？高森先生難道不心疼自己的孩子嗎？」

「可是，」大助怒氣沖沖的模樣讓布引看了直眨眼。「正因為沒錢，高森先生才會報警啊，而且在電話裡要對方等他，也是為了拖延時間，好讓警方追蹤發話號碼。然而現實問題是，高森先生親口對我們說，他個人連銀行存款都近乎於零，現在已經向有往來的福壽銀行申請融資，但也不知道會不會核准。而且神戶，你應該也很清楚吧，警察是不能鼓勵家屬支付贖金的。」

「這我當然明白，可是……」大助焦躁地緊握拳頭，一次又一次輕輕搥打一旁的桌子。「姑且不論付不付贖金，手頭上有沒有錢，和歹徒交涉的狀況會大不相同。如果有錢，交涉當然有利多了！」

布引苦笑。「可是就是沒錢啊。」

「公司那種狀況，銀行也不會答應融資吧。」鶴岡從旁安撫地對大助說。

「喂，你們那邊查得怎麼樣了？」

飛驒組長在辦公桌旁出聲問道，鶴岡走到他面前報告：「我們去見了公司的會計。感覺公司內部並沒有可疑人物，不過倒是有幾個疑點，所以我們打算明天再去一趟，詢問其他員工。」

「聽說公司已經沒錢了。」大助也來到鶴岡身邊補充說明，「銀行戶頭裡似乎只剩下支付材料供應商的錢而已。」他說到這裡終於忍不住向飛驒組長傾訴。「組長，我這麼說或許違反警察執勤的方針，但請容我負擔高森映一小朋友的第二次贖金吧！

只要有那筆錢，交易就不必拖到後天了。而且從剛才的內容聽來，高森先生也不可能在後天以前籌到錢，那麼，交易延後除了讓警察有更多時間找嫌犯以外，幾乎沒有其他意義。如果找不到嫌犯，照這種情況，就算到了後天，高森先生也只能帶著報紙做的偽鈔前往交易現場。如果現在有錢，映一小朋友或許可以盡早回家，逮捕嫌犯的機會也會提早出現。雖然從第一次的情況來看，就算支付贖金，嫌犯也不一定會釋放映一小朋友，但是如果把逮捕嫌犯視為第一要務，那麼準備贖金也算是一種方法。萬一籌不出區區五百萬，讓映一小朋友發生了什麼……」大助發現飛驒組長正看著他冷笑，於是稍微恢復了理智，有點難為情地露出反省的模樣。「這個提議好像很荒唐，真的很抱歉。我也了解組長看不慣我這種有錢人的習性，可是我並不是炫耀自己有錢才這麼說的，追根究柢，現在是資本主義社會，在這種環境下，我自然產生了下流卑俗的菁英意識，這的確違反了刑事的身分，所以我想把這份自我厭惡以及對犯人的憤怒，呃，融入警察機構及搜查方針，呃……」

大助語無倫次的模樣，讓在場的刑事紛紛笑了出來。

「你在胡說什麼？完全聽不懂。好啦好啦，我大概可以想像你要表達什麼。」飛驒組長也苦笑說，「的確，有錢總比沒錢好。但是，警察替肉票代墊贖金這種事算是前所未聞，可能會成為一個不好的先例。」

就在大助急忙反駁時，在車站一帶訪查的刑事們吵吵鬧鬧地回來了。

聽到綁匪的電話內容，狐塚刑事叫道：「可惡！」還跺了一下腳。「又是早上八點半嗎？那麼嫌犯這次也打算在尖峰時刻逃進車站裡吧。曾經順利逃脫一次，食髓知味又打算使用相同手法吧。哼，這次可沒那麼容易。」

「聽你這樣說，這次的調查是毫無結果囉！」

飛驒警部說道，狐塚轉而向他報告：「您說的沒錯。嫌犯知道那個時段，車站四周都是趕著上班的通勤族，站內擁擠不堪。不管是站務員還是零售店的大嬸，都沒有人看到疑似嫌犯的男子。只是，有人目擊到一個奇怪景象。從車站內的零售店可以看到整座公園，看到奇怪景象的就是那個商店老闆娘。這位中年大嬸個性彆扭，剛開始問話時，她幾乎不理會我，但是我對她一吼，之前的倔強模樣驟然一變，突然抽抽噎噎了起來，然後供出一切。根據她的證詞，第一次支付贖金的同一時刻，公園裡發生了一件很矛盾的事。」

B　二十五日上午七點三十分

老人神戶喜久右衛門坐在陽台上的早餐專用餐廳，瞭望著山水、森林遍地的數千坪庭園，正在享用龍蝦冷盤配椰子汁的簡單早餐，聆聽獨子大助與祕書濱田鈴江輪流說明綁架案的經過。

「每當我聽到你大展身手，就覺得我活到這把歲數真是值得了。」喜久右衛門的眼眶已經盈滿了淚水，才聽到一半就抬起頭抽抽噎噎地說道，「像我這樣的大壞蛋，怎麼會生出這樣一個像大天使的正義使者呢？」老人的肩膀開始顫抖。「而且這次連鈴江都來協助……」

喜久右衛門開始嗚咽，大助與鈴江瞄了他一眼，彼此交換「又來了」的眼色。

大助一口喝光咖啡，「鏘」的把茶杯放到托盤上，大聲說：「請別再哭了！」

大助異於往常的強硬語氣讓喜久右衛門吃了一驚，他眨眨眼說：「嚇我一跳，眼淚都縮回去了。」接著有點不悅地用叉子戳弄著龍蝦，喃喃自語說：「差點就能像平常一樣痛哭一場啦。」

「哭的人或許很痛快，可是我們擔心得要命！」大助對父親說，「每次都哭到噎住，搞得人仰馬翻。您那樣子不是也很難受嗎？」

「的確挺難受的，不過生死關頭自有圓寂之樂，而且讓鈴江照顧也很舒服呀。啊，這不重要。」喜久右衛門咳了幾聲。「你今天早上好像在生氣，是什麼事讓你大動肝火？」

「當然是綁匪。綁架這種卑劣手段固然令人氣憤，但是一個孩子的生命竟然輕易被換算成區區五百萬、一千萬，更讓人無法原諒。不僅如此，現實生活中竟然有那麼多人連支付這點贖金都辦不到，真令我痛心。還有，不得不為這種事生氣的我，也令我感到憤怒。」

「你是在氣自己是富豪子弟吧。」喜久右衛門悲傷地說，「都是我這個做父親的不好，原諒我吧！」

「大助少爺無論如何都想把那五百萬圓交給高森社長嗎？」鈴江想要改變話題，於是問了大助。

「問題就出在這裡。」喜久右衛門點點頭。「要是警察借錢給家屬的事情曝光了，那就不太妙吧！」

「是啊，我和高森社長素不相識，所以也沒辦法以個人名義借他。」

「昨晚，高森社長本人表示已經向福壽銀行申請融資了。」鈴江以內斂的語氣說道，好像在暗示什麼。

「嗯，這我也聽說了。我在那家銀行也有定期存款。」大助邊想邊點頭。「可是我不知道該怎麼做。」

「什麼？那叫銀行融資就行啦。」喜久右衛門不當一回事地說道。「何必動用你自己的存款？我只要打一通電話跟總經理說一聲就行了。啊，鈴江，馬上打電話給總經理。」

「請等一下，別這樣。」大助慌忙制止。「因為高森先生公司的業績不振，所以銀行遲遲不肯答應融資。就算說出綁架一事，一切都是為了救孩子，銀行明知錢收不回來，怎麼可能借給他啊！」

「他們敢不借!?」喜久右衛門惡狠狠地瞪著大助。「你太小看你老爸的影響力了，你覺得我把交給福壽銀行運用的錢全數提走，比起明知收不回來但還是出借的區區五百萬，對銀行來說哪一邊的損失比較大？怎麼樣？連比都不用比嘛！」

「請不要對銀行施加壓力。我不喜歡這樣。」大助有點氣憤地說，「而且這麼一來，豈不是變成一種捐款？要是有人知道銀行因為父親的施壓，逼不得已做出類似捐款的行為，痛恨權勢的人很快就會把消息傳出去，在社會上造成負面的觀感。這個社會最有錢的就是銀行，一定會有許多人紛紛湧入銀行要錢。」

「唔。」喜久右衛門的臉有些漲紅，沉默不語。

「鈴江，我如果拿自己的存款擔保，銀行會答應借錢給高森先生嗎？」大助詢問父親幹練的祕書。「當然，條件是不能讓高森先生發現。」

「那就是提供擔保。」鈴江以公事化的語氣回答。「但是，大助少爺必須在一份作保的文件上，以擔保人兼連帶保證人的身分蓋章。而那份文件上，高森社長也會以借款人的身分蓋章，所以他馬上就知道擔保人是大助少爺了。」

「能不能別讓他知道？」大助不知如何是好，向鈴江求救似地問。「例如，能不能在高森先生蓋過章之後再讓我蓋呢？」

「要是高森社長在事後要求想看那份文件，立刻就曝光了。」不知鈴江是不是還在為昨晚的約會中斷一事生氣，以冷冰冰的語氣說道。

「就是啊。」喜久右衛門似乎對於祕書的能幹感到驕傲，難得興高采烈地附和。「人類這種生物總會對一些多餘的事物好奇。高森一定想知道究竟是誰替他出錢。嗯，他一定想看，絕對會看。」

「請別這麼高興。」大助搔搔頭。「有沒有什麼好主意？」

「那麼，我來告訴你一個好方法吧。」喜久右衛門露出了每當想到壞主意時總會出現的惡作劇眼神，望向兒子。「你可以試試金蟬脫殼融資這一招。」

「那……那是什麼？」大助有點吃驚地望向父親。「我是聽過金蟬脫殼詐欺（註），卻沒聽過金蟬脫殼融資啊。」

「是吧！這是我發明的。」喜久右衛門老人自豪地說，「當然，我自己也還沒試過。不過我年輕的時候啊，倒是做過四、五次類似金蟬脫殼詐欺的事，當時可是賺翻囉……」喜久右衛門被大助凌厲的眼神一瞪，又咳了幾聲。「別用那種刑事的眼神看你父親嘛，那是從前的事啦。」

「也就是把高森先生請到銀行，擅自借用銀行的接待室，讓他以為銀行答應融資，然後把錢交給他，是嗎？」鈴江問道。

「沒錯。」喜久右衛門點點頭。「就是把金蟬脫殼詐欺的手法倒過來用。銀行那邊我會事先吩咐，要他們睜一隻眼閉一隻眼。」

「哦，原來還有這一招啊！」大助沉思了起來。

C　二十五日下午一點十分

「不好意思麻煩您走一趟，今天貸款課的課長突然請病假，無法到場。我是貸款課代理主任，敝姓龜岡。」一名看似行員其實更像學者的中年男子走進接待室，先行了一個禮，並向等候幾分鐘的高森說道。

「我是高森。」高森站起來，以一種難掩困惑的表情問龜岡：「我在電話中聽說了，不過貴行真的願意融資給我嗎？」

「是的。來，請坐。」

註：日本一種有名的詐欺手法，歹徒多半在銀行或公司行號前埋伏，佯裝成銀行或公司員工，巧言騙取金錢或支票，再進入銀行或公司，然後從其他出口開溜。

龜岡在沙發上從容坐下，兩人在福壽銀行的接待室裡相對而坐。

「上面已經核准了，所以我們行員立刻在上午聯絡高森先生。」龜岡拿下眼鏡，一邊擦拭鏡片，一邊以淡淡的口吻說，「您將銀行交易約定書帶來了嗎？」

「帶來了。」高森從公事包裡取出約定書。「連帶保證人好像需要兩位，姓名欄有兩個，但電話中表示保證人只需要一位，所以……」

「是的，一位就夠了。」龜岡從高森手中接過約定書，重新戴好眼鏡。「這位高森完二先生是……」

「是我胞弟。」高森臉紅了，彷彿是為了只有親人肯擔保一事感到不好意思。

「高森先生，」龜岡從文件中抬起視線，緩緩說道，「我想您應該知道，銀行對於申請融資的對象或公司行號，都會在事前充分調查。根據敝行的調查結果，您所經營的高森建設金屬製造公司，最近的業績不算好，或者說是每況愈下。」

「是的。」高森坦率地點頭，疑惑地看著龜岡。「我已經料到貴行會這麼說，也做好了會被拒絕的心理準備，但是為什麼……」

「唉，敝行與貴公司往來這麼久，就當作是看在這份情誼上特別通融吧。」龜岡微笑著說道，隨即又恢復一臉嚴肅，壓低聲音。「其實，警方今早前來調查高森先生與敝行的交易狀況，那時候，敝行獲知大致情形，聽說令郎身陷危險。」

「那，果然……」高森睜圓了眼。「警方不可能替被害者家屬支付贖金，貴行果然是一片好意……」

「請別誤會了。」龜岡挺直背脊，注視著高森。「就算是長年往來的客戶，銀行也不會出借回收無望的款項。這完全是對貴公司的融資，當然要請您遵守還款期限，如果無法遵守，敝行將收下擔保物件。高森先生，敝行是相信您的。明白嗎？」

高森咬著下唇低頭不語，過了一會兒抬起頭，堅定地對龜岡點點頭。「明白了。感謝貴行的一番美意。」

「那麼，」龜岡打開接待室的門，召喚一名年輕行員進來，指示對方馬上準備五百萬現金。

高森把鈔票裝進皮包後便回去了。此時，由鶴岡刑事喬裝的代理課長龜岡頓時鬆了一口氣，垂下肩膀，又重新坐回沙發上。

「進行得很順利呢。」

神戶大助走進接待室，露出笑容點點頭，鶴岡用手帕邊擦汗邊應道：「我還以為謊言會被識破，內心七上八下的呢。不管怎麼樣，警方都不可能把綁架案透露給第三者啊，幸好高森先生沒發現這一點。」

高森那份約定書上的連帶保證人欄還有一個空格，大助簽上自己的名字，蓋妥印章，交給剛才的年輕行員，露出微笑。「這麼一來，也不必金蟬脱殼了。」

D 二十六日上午八點二十五分。

「原來如此。從這裡可以清楚看到整座公園呢。」布引站在車站的零售店——那個冷漠大嬸的小店前對狐塚說道。

「如果歹徒在公園裡拿到那個裝滿贖金的皮包，一定會走進車站，從這家店前面經過。」狐塚雙眼炯炯有神地說，「如果有共犯，映一小朋友就危險了，所以不能在這裡逮人。不過，車站四周有十幾名幹練的刑事負責監視，個個都是行家，絕對不會把人跟丟。」

從剪票口到車站大廳的大門之間湧入大批通勤族，把車站擠得水洩不通。這家店靠近車站後門，通往公園，平時較少人進出。即使如此，仍然有許多上班族走到零售店買菸，所以狐塚和布引也站在店家陳列報刊的角落，縮著肩膀監視著。

「不僅如此，萬一發生緊急狀況，為了保護高森先生，猿渡也躲在公園的樹叢裡待命。鶴岡兄喬裝成清潔工正在車站後門掃地，頂樓上也有警員架著望遠鏡戒備，萬無一失。」

「歹徒實在太笨了，拿到第一個五百萬就該滿足了，竟然貪得無厭。」

兩人不懷好意地相視而笑。

「現在幾點了？」

「唉……，二十七分了。」

「高森先生差不多該現身了。」

「啊，他來了。」

高森社長提著一只小提包，從車站後方的公園入口處走進去，站在樹叢前的路燈下。他那張蒼白的長臉在兩、三天後變得更瘦，可能是睡眠不足，走起路來也搖搖晃晃。朝陽反射在高森的鏡片上，他宛如被陽光定住般，在原地呆站了好一會兒。

「高森先生的提包裡裝的是真鈔嗎？」布引問道。

「好像是。」狐塚一臉苦澀地說，「裡面裝著神戶向銀行借來的錢。警方雖然也準備了報紙裁成的假鈔，但是考慮到肉票的安危，還是使用真鈔。說不定綁匪的個性衝動，萬一有共犯，那麼肉票就更危險了。」

不久，蹲在樹叢中的猿渡瞄了手錶一眼，八點三十一分。早晨的公園裡沒有人，疑似歹徒的男子也尚未出現。

「或許嫌犯發現警方正在監視。」八點三十五分。狐塚在小店前這麼呢喃。

「或許嫌犯不來了。」布引別具深意地說道。

鶴岡拿著水桶，正在後門旁的水龍頭裝水，擔憂地瞄了手錶一眼。八點四十分，一名高個男子忽然穿越站內的人潮，走出後門，並進入公園。男子戴著深色太陽眼鏡和白色紗布口罩，快步走近高森，在他面前停步，默默地伸出右手。這個動作像在指示「把袋子拿來」。

「你是誰？」樹叢裡的猿渡聽見高森顫抖地問道。「映一在哪裡？映一在什麼地方？」

男子無言地抓住高森手中的提包，打算搶走。結果高森社長突然抵抗，他像個耍賴的小孩般扭動身體，緊抱著提包不放。不過對方的力量更大，提包最後還是被搶走，瘦弱的高森社長跪倒在地，男子將提包緊緊挾在右腋下，跑向車站。

在男子衝進車站之前，猿渡打算按兵不動，他看到高森倒在地上雖然有點擔心，不過他認為高森只是在爭奪中被推倒，應該沒什麼大礙。可是這時候，距離猿渡稍遠的地方，有兩名男子突然從樹叢裡站起來，追著嫌犯跑了出去，猿渡也反射性地站了起來。

「是記者！」

猿渡一臉蒼白，跳出樹叢，那個高個男要是被記者追到就糟了。猿渡想起來，警方以為記者並不知道這起綁架案，所以本部也沒有特別向各報社下達封口令。就算如此，這種行為也太沒常識了。猿渡滿肚子火，拼命追趕那兩名疑似記者的男子。這可是綁架事件，他們竟然如此輕舉妄動，恐怕是二流報社的記者，在其他地方聽到消息，急功近利，才會在這裡埋伏吧。真是的，實在太沒常識了。

猿渡大叫：「等一下，別抓那個人，他還有共犯啊！」

E　二十六日中午十二點十五分

一到公司的午休時間，會計松平惠美便搭上計程車，火速趕回與公司同一區的住處公寓。

「回來晚了，對不起呀。你餓了吧！」她走進玄關旁的廚房兼餐廳，對著正在餐桌前看少年週刊的高森映一說道。她在路上順道去了超市一趟，從紙袋裡接連取出食品，擺在餐桌上。「我馬上做飯，再等一下喔。」

映一沉迷於漫畫，只是漫不經心地「嗯」了一聲。

鶴岡打開松平美惠忘了上鎖的門，走了進來。

「映一。」他故意無視松平惠美，呼喚小男孩。「喏，差不多該回家了，你已經三天沒上學了吧？」

「刑事先生……」松平惠美右手握著洋蔥，無力地癱坐在鋪有油地氈的地板上。映一好像一時無法從漫畫中回到現實，只是茫然地看著鶴岡。

鶴岡憐憫地俯視著松平惠美說：「妳也真傻，竟然肯幫這種忙。」

A' 二十四日晚上八點五十分

「照你這麼說，調查是毫無成果囉？」

飛驒警部說道，狐塚轉而向他報告：「您說的沒錯。嫌犯知道那個時段，車站四周擠滿了通勤的上班族。不管是站務員還是零售店的大嬸，都沒有看到疑似嫌犯的男子，不過有人目擊到怪異的景象。從站內的零售店可以看到整座公園，看到奇怪景象的人就是那家店的大嬸。這個大嬸性格乖僻，我一開始問話時，不知為何，她幾乎不太理會，但是我對她一吼，她就一改之前的態度，突然抽抽噎噎了起來，並招出一切。根據她的證詞，第一次支付贖金的同一時刻，公園裡發生了一件完全矛盾的事。」

「哦？」飛驒警部一雙大眼睜得更大。「完全矛盾，指的是與高森先生的證詞矛盾嗎？」

「我也不清楚算不算矛盾。」狐塚一臉難以置信的表情，偏了偏頭。「應該說，幾乎在同一時刻，公園發生了某件事是高森先生沒提到的。店裡的大嬸說，今天早上八點半，有人病倒在公園裡，引發一陣騷動，雖然不清楚事發的確切時間，但是從車站裡擁擠的狀況來看，可以推斷是八點半。」

「說詳細一點。」

「是的。大嬸說，大約在早上七點半，她打開商店鐵門，看到公園的樹叢前有個像工人的男子倒在地上。她認為那可能是昨晚喝醉的醉漢，儘管天氣寒冷，她不想惹麻煩所以沒報警。真是冷漠啊！」

飛驒警部交抱著雙臂問：「那人死了嗎？」

「沒有。那是一個流浪漢，感染肺炎，陷入昏迷，正確來說，也不算是路倒事件。碰巧經過公園的行人打了一一〇報警，表示有病人倒在公園，所以警車便趕到現場。我調查過了，的確發生過這起事件，報告書上寫著，警車在八點二十分抵達現場，救護車緊接著趕到，這場騷動一直延續到八點半左右。」狐塚搖搖頭。「但是高森先生的證詞裡，完全沒提及他應該目擊的這起事件。」

「那麼，是高森先生做了偽證？」

刑事紛紛臉色大變，飛驒組長連忙制止眾人。「等一下，先等一下！你們冷靜一點，情況還沒弄清楚，不一定就是如此啊。從地圖上來看，那座公園呈狹長狀，或許交付贖金的地點在其他地方；又或者高森先生在流浪漢事件平息之後才來到公園。此外，高森先生也有可能知道這場騷動，卻無暇理會。關於這一點，必須再仔細確認一下。」

「我剛才在高森家，問了他一些問題，光是從他的回答無法推斷他是否目擊到這起事件。」布引伸手拿起一旁的電話。「需要請猿渡確認嗎？」

飛驒組長急忙阻止道：「交代猿渡，除非高森先生主動提及流浪漢一事，否則先暫時保密。」

布引用力點點頭。「明白了。」

「這麼說來，」鶴岡看著布引打電話給高森家的猿渡，低聲說道，「高森先生竟然這麼輕率把事情告訴一介員工，就算對方是會計，也令人匪夷所思呢。」

「是啊！」大助也用力點點頭。「或許那個叫松平惠美的女子，跟高森社長的關係不尋常吧。」

鶴岡以銳利的目光瞥了大助一眼：「哦，原來你也發現啦！看來你的觀察力越來越敏銳了。」

飛驒組長正在吩咐其他刑事，向調查公園流浪漢事件的同僚打聽有沒有人目擊到高森社長或嫌犯。他聽到鶴岡與大助的對話，便轉過頭來。「這個情報很有意思，再說詳細一點。」

「呃，那個我，呃……」大助又臉紅了。「松平惠美在介紹社長的性格時，給我這種感覺，只是這樣而已。」

「我也有同感。」鶴岡同意說，「但是，我剛才說的無法釋然，並不是這一類的直覺。根據調查，那家公司的發薪日是明天，但是將近五百萬的現金從昨天就放在公司的金庫。」

「哦，」組長低吟。「這也很不尋常。一般來說，大部分公司都會把錢存在銀行，等到發薪日再提領出來。」

「對了。」大助突然一驚，全身僵硬。「而且那個會計說，只有她和社長知道金庫裡有將近五百萬的現金。」

「而且綁匪第一次要求的贖金是五百萬。」組長意味深長地緩緩說道。

「啊，那麼是高森社長與松平惠美共同策劃這起偽裝的綁架案囉？」

狐塚大聲說道，飛驒組長朝他吼了回去：「不行！不能妄下斷論。這麼斷定還言之過早，要是走錯方向，結果真的是一宗綁架案，那就不得了啦。」他閉上眼，深吸一口氣，沉思了五、六秒，閉起眼做了決定。「好，就以綁架案及偽裝綁架這兩個假設來進行搜查。狐塚和布引明天去調查高森建設金屬製造公司的客戶，查查看昨天以前是否有客戶支付將近五百萬的款項。其他人再調查一遍是否有目擊者看到映一小朋友在放學途中被拐走。還有神戶……」

「是！」大助以期待的眼神注視飛驒組長。

「情勢改變了，現在不得不採用特殊的搜查方式。以我的立場，不能拜託你出那筆五百萬。但是如果你個人要融資給高森先生，我不反對。不過，那筆錢或許會收不回來。當然，不能被高森先生發現是你這個刑事借他的。這一點如果辦得到，我就允許你出資，然後觀察高森社長的反應。」飛驒警部邪惡地笑道，睜開一隻眼。「你可以請鶴岡兄幫忙。」

B' 二十五日上午七點四十分

「也就是把高森先生請到銀行，借用銀行的接待室，讓他以為銀行答應融資，然後把那筆錢交給他，是嗎？」鈴江問道。

「沒錯。」喜久右衛門點點頭。「就是把金蟬脫殼詐欺的手法倒過來用。銀行那邊我會事先吩咐，要他們睜一隻眼閉一隻眼。」

「哦，原來還有這一招啊。」大助沉思了起來。「看看高森先生在銀行接待室的反應，就可以判斷這起綁架案的真假了。」

「什麼叫作真假？」

喜久右衛門問道，大助回過神來，慌忙搖頭。「不，沒事。」

「大助少爺的意思是，這起綁架案有可能是偽裝的嗎？」

鈴江突然厲聲問道，大助吃了一驚並望向她。鈴江目不轉睛地注視大助。

大助回看著鈴江，緩緩點頭。「正是如此。妳有什麼線索嗎？」

「昨天我到高森社長家的時候，」鈴江放下茶杯，靜靜地說道，「猿渡先生說夫人一定很擔心孩子，希望我陪她聊聊。不過，高森社長對於我與夫人交談一事似乎有戒心，一臉不願意的表情。在那之前，我總覺得高森社長不太關心夫人，這麼一來就更明顯了。」

「那麼，」大助探身向前。「妳和高森夫人談過了嗎？」

「我是見了夫人，但她一直專注於拼圖遊戲，沒辦法跟她聊到什麼。」鈴江別具深意地詢問大助：「大助少爺玩過拼圖遊戲嗎？」

「小時候玩過類似的益智玩具，可是成人玩的複雜拼圖我還沒玩過。」

「那需要非常專心，可不是用來紓發心情、解除壓力的。然而在我看來，夫人玩得相當順暢。當然，如果不了解那種拼圖的困難度，沉迷於遊戲中的夫人，看起來或許就像神智不清吧。」

「所以高森社長才會叫夫人玩拼圖。而夫人知道這起綁架案是假的，才能放心玩拼圖遊戲，是吧！」早已忘了用餐，只是在戳弄蝦子的喜久右衛門瞇起眼睛望著鈴江說道，那眼神彷彿在看著親生孫女。

「是的。」鈴江斬釘截鐵地答道。

C' 二十五日下午一點二十分

高森那份約定書上的連帶保證人欄位還有一個空格，大助簽上自己的名字，蓋妥印章，交給剛才的年輕行員，露出微笑。「這麼一來，不必金蟬脫殼也無妨了。」

「剛才狐塚打來，」鶴岡往左右扭動脖子，發出「喀啦喀啦」的骨頭作響聲說道，「根據他的調查，這兩個星期以來，高森建設金屬並沒有收到任何大筆款項。」

「我都忘了這件事。組長剛才也打來了。」大助也說道，「猿渡不經意地試探，結果高森先生完全不曉得流浪漢昏倒的事。此外，嫌犯後來也沒再打電話到高森家。

哦，還有，錄到的那個女人聲音，完全聽不出任何特徵。」

「完全聽不出那個聲音到底是誰。」鶴岡點點頭。「我想找出它和松平惠美的共通點，重複聽了好幾次呢。可是，」鶴岡壓低了聲音說，「今早我又去了一趟高森建設金屬，詢問公司員工，令人驚訝的是，所有員工從昨天就知道那起綁架案了，他們也知道薪水被拿去付贖金。」

「是松平惠美說的嗎？」大助皺起眉頭。「難道高森社長沒有要求松平惠美保密嗎？」

「反倒比較像是高森社長叫她說的。員工雖然沒有明講，不過社長和松平惠美好像已經暗中交往了好幾年。」鶴岡瞇起眼睛說，「越來越像偽裝綁架案了。」

D' 二十六日上午八點三十五分

「或許嫌犯發現警方正在監視。」八點三十五分。狐塚在小店前這麼呢喃。

「或許嫌犯不來了。」布引別具深意地說道。

「嗯，可是，」狐塚瞄了布引一眼。「還不一定是偽裝。」

八點四十分。

神戶大助戴著深色眼鏡及白色紗布口罩，從站內的人群中走出來，朝後門走去。鶴岡拿著水桶，正在後門旁的水龍頭接水，有點擔憂地瞄了手錶一眼，他抬頭看到大助，立刻別開視線。大助走進公園。高森望著大助，他的鏡片反射著陽光，看不出臉上的表情，卻像吃驚得愣在原地。此時，大助對高森的懷疑更深了。刑事們討論之後決定，高森在電話裡與女人約定八點三十分交付贖金，如果過了十分鐘，綁匪尚未出現，就由大助喬裝成綁匪接近高森，試探他的反應。大助走到高森面前，默默把右手朝著斜下方——高森拿的那只提包伸出。

高森一臉啞然，總算擠出聲音：「你是誰？」

這一瞬間，確定了高森的嫌疑。這句話聽在大助耳裡，完全表現出高森的驚訝。顯然，高森沒料到自己捏造的歹徒竟然出現了，然而他又想起猿渡還在樹叢裡，發現自己失言，急忙改口說：「映一在哪裡？告訴我映一在哪裡！」但已經改變不了局勢，於是大助想奪走那個提包。果然不出所料，高森緊抓著提包不放。大助心想，對高森來說，提包裡的錢並不是換回兒子的贖金，而是銀行意外借給他、要用來度過公司危機的週轉金。但是，大助使盡全力搶走了提包。這也是預定中的行動，用來觀察錢被搶走以後，高森會有什麼反應。高森跪倒在地，大助不予理會，抱著提包往車站跑。此時，背後傳來腳步聲，追趕著大助。不可能是猿渡，而且腳步聲有兩個人。然後，還有另一個腳步聲追上了那兩個腳步聲。猿渡的叫聲傳來，被腳步聲蓋過，大助聽不見猿渡在喊什麼，但是感覺是要他小心，警告他後面有什麼人。大助翻越公園的低矮柵欄後，回頭張望。他發現有兩名顯然是報社記者的男子正在追他，連忙加快腳步。兩名記者追得更快，猿渡又嚷了什麼。但是不管猿渡嚷了什麼，兩名記者就像野獸追獵物般興奮地追著綁匪，根本聽不進去。大助心想，要是被這兩個急功近利的記者抓到就糟啦。如果大助的身分曝光，記者等於是目擊現職刑事搶錢逃跑的場面，就算能向他們解釋這是辦案的一環，但由於事件性質，警方肯定會遭到許多誤會，被報紙大加撻伐。得甩掉他們才行，不能因為自己想出來的破天荒計策，讓所有警察惹上麻煩。

就在大助正要跑進車站時，兩名記者之一叫了出來：「抓住那傢伙！」

很明顯地，他們朝著正在後門用水龍頭汲水的鶴岡叫嚷。鶴岡故意裝出驚慌的模樣。大助跑過他面前，奔進車站之後，鶴岡把水桶裡的水朝記者當頭一潑。他精采地詮釋了驚慌失措的中年站務員。記者們嚇了一跳，但只用「這個笨蛋」的眼神瞪了他一眼，馬上追著大助跑進車站。車站大廳擠滿了上班族。大助被人潮推擠，發現追上來的記者們大叫「抓住那傢伙」，這句話使得幾名民眾注意到他，猶豫了起來。混進人群中可能反而讓自己陷入動彈不得的窘境，但他只是猶豫了一下，記者又追了上來。大助擠進人潮，用肩膀頂開人群，撥開男男女女，往大門口前進。記者也來勢洶洶地衝進人潮，大助聽見背後有人被記者推擠，發出叫罵聲。現在，記者與大助的距離只剩下短短三、四公尺了，大助把挾在右腋的提包抱到胸前，打開袋口，用左手支撐袋子，右手伸進裡面抓出一把鈔票。

綁鈔帶斷裂，百萬圓紙鈔被大門吹來的風颳起，在大助頭頂瞬間飛散。群眾看到一張張萬圓鈔票從天而降，發出「喔」的驚呼聲，大助背對他們，趁機又抓出一百萬，用力朝頭頂上扔出。在早晨昏暗的車站裡，以深灰色為基調的熙攘人群上頭，萬圓鈔票再度四散飛舞。「錢！」「是一萬圓！」叫聲此起彼落，大助接二連三地將一束束萬圓鈔票往頭頂上扔，接著往前跑去，上班族紛紛朝他背後衝了過去。大助抵抗著人潮，朝正面玄關跑去，提包內已經沒錢，大助索性把包包也扔了。男人的咒罵與女人的尖叫在背後洶湧翻騰。大助祈禱不會有人受傷，不過如果民眾面臨這種狀況，還擺出一副知識份子的模樣冷眼旁觀，那也教人傷腦筋。如果彼此不爭奪一下，就沒有人牆替大助阻擋那兩個記者了。

大助從正面玄關逃出來以後，跑向正在停車場等他的凱迪拉克。駕駛座的鈴江看到大助跑過來，打開副駕駛座的車門。大助一面坐進凱迪拉克，一面望向車站大門，那場騷動甚至擴大到車站外，還有人為此跑進車站裡，倒是沒看到追逐大助的記者從車站裡跑出來。

「您做了什麼？」鈴江發動車子，看到大助的模樣，吃驚地問道。

大助邊喘氣邊回答：「又捅婁子了，可能又要挨罵啦。但我也只能這麼做了。」

E' 二十六日晚上十二點二十分

鶴岡憐憫地俯視著松平惠美說：「妳也真傻，竟然幫這種忙。」接著，他瞄了映一一眼，眨了眨眼睛。「竟然利用孩子，太過分了。就算你們教他怎麼說謊，但孩子畢竟是孩子，你們沒想過映一小朋友到時候被警方問話，不小心說出真相來嗎？就算勉強過了這一關，萬一他長大以後發現真相，你們怎麼跟他解釋？」

「可是……，可是，公司的狀況真的非常危急，我們甚至無法考慮這些啊。」松平惠美流下了眼淚。

「是薪水嗎？還是支付客戶的款子？不管是哪一邊，請他們再等一等不就得了？我不認為情況危急到這種地步。」

「你說的沒錯，我也這麼認為。可是對他來說，這是燃眉之急啊。」松平惠美趴倒在冰冷的油地氈上，哭了起來。

「這次的事件，完全是高森社長的懦弱引起的。」

案件大致處理完畢後，二十六日下午四點三十分，飛驒警部面對搜查總部的刑事們，開始說明案件的概要。「大客戶的交易取消及工程上的出錯，製作出大量瑕疵品是犯案主因。從上個月起，公司就沒收到任何貨款，無法支付員工薪水，也沒辦法付款給下游廠商。高森社長的個性無法忍受工會的指責，也不願意向下游廠商低頭道歉。於是他策劃了假綁架，選擇情婦松平惠美做為共犯。」說到這裡，組長稍微停頓了一下，望向曾經偵訊松平惠美的鶴岡。

鶴岡發現飛驒組長要求他補充有關松平惠美的資訊，於是開始說明：「這五、六年來，高森與他太太的感情已經降到冰點，高森與松平惠美就是從那時候開始發生關係的，高森有時候會在她的住處過夜。松平惠美供稱，高森與她的關係很快就被他太太發現了，從此以後，他太太開始揮霍無度，因此高森在私生活方面也十分困窘。這次的事件，他太太算是有部分責任，因此不得不參與這場鬧劇，扮演擔憂孩子安危的母親角色。」

「二十三日下午，松平惠美在高森家附近人煙稀少的路上，等待映一小朋友放學，然後用計程車把他載回自己的住處。」飛驒組長開始解說，「映一小朋友認識松平惠美，而且父母也交代他這麼做，所以他乖乖跟著松平惠美離開。至於公司的金庫原本就是空的。二十三日傍晚，松平惠美並未把錢送去社長家，她只是在二十四日早上一進辦公室，逢人就散佈社長兒子被綁架的消息，並表示原本用來發薪的五百萬圓，被拿去充當贖金了。」

布引有點納悶地說：「呃……，為什麼要這麼做？」

「這是為了引起同情，並安撫暫時領不到薪水的員工，尤其是工會的會員。此外，萬一有員工報警，綁架案上了新聞，也可以取得客戶的同情，高森不必賠罪，客戶也會同意讓他延後付款吧。他打的就是這種如意算盤。」

「真是個沒用的男人。」狐塚露出尖銳的犬齒說，「聽到有這種人，我就忍不住一肚子火。」

「可是，會做出這種蠢事的懦弱者，通常具有強烈的被害傾向，總是想依賴他人。」飛驒警部說，「然而，高森的期待落空，公司裡沒有員工報警。於是，高森指示松平惠美在公司裡散佈消息，說綁匪要求支付第二次贖金。他認為這樣一來，一定會有人報警。」

「為什麼高森認為應該會有人報警？」猿渡感到不解。「我覺得這個計畫實在太一廂情願了。」

「在第一次計畫中，高森認為員工會因為自己的薪水被拿去充當贖金而感到憤怒，於是報警要求警方設法取回。第二次他則認為，公司僅剩的錢都被拿去充當贖金，員工的薪水會拖得更晚，所以應該會有人報警。換句話説，高森是個軟弱的知識份子，他的刻板印象認為員工一定會仇視社長，其實他根本不必把自己變成被害人，他手下的二十多名員工也都是善良的好人，他們全都為社長的家人擔憂，比起自己的薪水，更擔心社長兒子的安危，因此沒有人打電話報警。」

「高森真該感激得痛哭流涕。」鶴岡氣得説道。

「由於沒有人報警，綁架案自然上不了報，無法搏取社會的同情。高森沒辦法，只好在二十四日下午五點左右，親自聯絡警察。為了表示這是一起真的綁架案，他事先要求松平惠美佯裝成嫌犯，在晚上八點半打電話到高森家。」

「説到八點半，正是鶴岡兄和我在公司見過她以後的時間呢。」大助補充説明。

鶴岡點點頭。「松平惠美供稱，我們回去以後，她立刻離開公司，利用附近的公共電話打到高森家。她以手帕裹住話筒講話，所以聲音才會變成那樣。」

「猿渡在一旁觀察高森先生接這通電話的模樣，開始起疑。首先懷疑這是一起偽裝綁架案的人，好像就是猿渡。」

飛驒警部對猿渡點點頭，猿渡臉紅了。「是的。高森先生在電話中與嫌犯交涉，結果肉票將延後兩天才會獲釋，然而高森先生並沒有表現出特別擔心的模樣，通話結束之後，也只是不斷地強調自己沒錢。」

「當聽到福壽銀行願意融資時，有常識的人應該會感到納悶，但是高森先生只是一臉詫異，然後毫不在乎地收下了錢。他天真地認為兒子被綁架，苦於籌不出贖金，理當有人會替他出錢，所以並沒有起疑。接著，高森既然已叫松平惠美打了恐嚇電話，就不得不在二十六日早上前往公園。其實銀行都把錢借給他了，他也沒有必要繼續演戲，而且嫌犯根本不會出現。因為有警方在一旁監視，就算嫌犯未現身也是理所當然。只要裝成嫌犯死了心，釋放肉票，要映一小朋友自己回家，一切就能圓滿結束了。然而，綁匪卻現身了，高森一定嚇壞了吧。神戶提議讓假綁匪登場，這個主意使得整起事件的真相被揭穿了。」飛驒警部說道，瞄了大助一眼。「追趕假綁匪的兩名報社記者，其中一人是高森完二；也就是高森的胞弟。高森因為綁架案遲遲不上報，所以打電話給在二流報社上班的弟弟，一來拜託他擔任銀行交易約定書的連帶保證人，二來順便把綁架案告訴他。完二與哥哥的感情似乎不太好，同時也和哥哥一樣自私自利，他為了搶這個獨家，不僅不顧肉票的安危，甚至與同事計畫要搶先警方一步，親手抓到犯人，讓此案成為頭條新聞，因此一大早就在公園裡埋伏。高森認為孩子還沒獲釋就上報，這則新聞會比較聳動，也比較能搏取社會大眾的同情，但是警方不可能把消息洩露給新聞記者，所以他依然無法如願。」

「我狠狠罵了那兩個記者一頓。」猿渡齜牙咧嘴地說，「可是——，那兩個傢伙不僅沒有反省，還頂撞我說，民眾協助警方有什麼不對？他們根本就不配當記者。」

「說到這個，我想起來了。」飛驒警部有點坐立不安地說，「記者們——哦，不是二流的，而是一流的記者們，正在樓下等待。」他很困擾地說，「案子雖然破了，但是關於神戶撒出去的那五百萬，該怎麼說明呢？總不能說撒錢的人是刑事吧。」

大助頓時顯得垂頭喪氣，並說：「非常抱歉！」

狐塚逮住機會怒吼：「有錢人就會幹這種事！撒錢！竟然做出這麼輕率的舉動！雖然只是輕傷，但是有四個人因此掛彩哪！」

「可是，神戶當時也只能這麼做了，反正那是他的錢嘛。」猿渡替神戶辯護說，「而且那四名傷者都撿了一堆錢，開心得不得了呢。」

「聽說最後只收回了六萬圓。」鶴岡笑道，「在那麼擁擠的人群中，撿錢的人是不會互相阻止的。」

刑事紛紛哄堂大笑。

「那算是違反道路交通法吧。」布引壞心眼地說道。

「可是那裡並不是車子行經的馬路，而是車站裡面，我看就算了吧。」鶴岡像是想盡辦法替大助解圍，以免他受到處分。

「啊，如果不是撒錢，而是掉錢怎麼樣？」猿渡叫道。

「掉落的鈔票會自動飛上天嗎？」

狐塚一臉苦澀地說道，在場者低聲竊笑。

「就當作是黑道份子探聽到綁架案的風聲，偽裝成綁匪搶贖金，結果失敗了。要是真相上了報，世人對有錢人的反感，會讓神戶受到輿論撻伐的。好，這件事就交給我吧。」飛驒警部「嘿喲」的吆喝一聲，站了起來。「總之，案子破了，各位辛苦了！搜查總部就此解散，恭喜！」

「恭喜！」

「恭喜！」

「恭喜呀恭喜，恭喜呀恭喜！」署長不知從哪兒手舞足蹈地冒了出來。

「哎呀，署長，您什麼時候來的？」

「我從剛才就一直躲在桌子底下，等著出場呢。」

「真是一樁怪案呢。」大家交頭接耳地邊說邊離開了辦公室。飛驒警部目送著他們，伸手招來大助低聲說：「這次承蒙濱田鈴江小姐對警方提供許多協助，所以我想送個禮物給她。」

「組長？送禮物給她？」大助有點吃驚地眨眨眼。「是什麼禮物？」

「你們被打斷的約會呀。」飛驒警部說，「其實，我剛才已經打電話給她了。停車場裡現在正停著一輛鮮紅色凱迪拉克，一位身穿皮草大衣的絕世美女正引頸期盼你的出現呢。」

第四章

富豪刑事的大飯店

「我今天之所以召集各位，不為別的事，你們剛才都聽說了吧？警方接獲線報，關西鎌口組的分支福本幫與關東谷川組的分支水野幫這兩個幫派，老大及旗下所有成員即將抵達本市，進行某項密會。」長相酷似亨佛萊．鮑嘉（Humphrey Bogart）的三宅警部歪著惡魔般的V字型尖下巴，眺望著在特別對策總部集合的眾多刑事。

三宅警部在縣警四課算是響叮噹的人物，他是黑道組織的剋星，在縣內的黑道無人不曉，據說流氓只要聽到他的名號，無不嚇得直打哆嗦。不過，這與三宅警部的長相似乎大有關係，他的外貌酷似好萊塢幫派電影中一位已故的大明星，能讓對方產生極大的恐懼感，而他似乎也積極利用這一點。三宅警部在升上警部之前，在人生的每一個階段都有多不勝數的精采軼聞，不過與本故事無關，很遺憾必須割愛。

「到目前為止，本市與黑道組織並沒有什麼瓜葛。」三宅警部繼續說，「雖然有一個從以前就存在的古老昇龍會，不過它現在已經變成一個老人集團，除了組長，只剩下三、四名組員。此外，只有兩、三個小混混組成的集團，不斷地成立又解散。因此，市內目前並沒有任何堪稱黑道組織的幫派。這次即將抵達的兩個幫派，應該是考量到這些因素，才會選擇本市做為密會地點吧。除了不必擔心與當地的角頭發生摩擦，如果順利的話，還能將本市納入自己的地盤。因此，我們推測雙方都想來一探虛實或藉機示威。我們不能天真地認為會談進行順利，雙方會舉行和解儀式，然後老老實實地撤退。萬一會談破裂，恐將演變成以血洗血的大火拼。要是他們彼此爭奪地盤，市民也會蒙受極大的危險。即使事態沒有那麼嚴重，小嘍嘍也會四處製造糾紛。我希望本署的全體同仁戒慎以對，因此召集各位。有什麼問題嗎？」三宅警部匆忙說完，在椅子上坐下，嘴角叼著一根菸，點火後吸了一口，再以拇指和食指捏起菸身，噴出一縷煙。

一連串瀟灑的動作讓布引刑事看得嘴巴微張，赫然回神後，有點慌張地問：「大概會來多少人？」

三宅警部狐疑地瞟了一眼聚集在辦公桌右側的搜查一課刑事；也就是讀者們熟知的鶴岡、狐塚、布引、猿渡及神戶大助，一臉不耐地以下巴指向在左側待命、來自縣警的部下之一。

那名刑事長得酷似彼得．洛利（Peter Lorre），體型略胖，一臉苦旦相。他拿出記事本，回答布引的問題，「雙方似乎還沒決定出席人數。不過，為了向對方誇耀自己的勢力，雙方應該會盡可能派出多數成員參加。福本幫的組員——呃，約有六十名，旗下有八個小團體，總共有一百一十名成員，所以合計是一百七十名。另外，水野幫的組員則有一百名，旗下有三個小團體，組員合計也有將近兩百名。雙方加起來就有三百六、七十名，雖然不可能全部到齊，但他們隸屬的鎌口組、谷川組都是警察廳指定的廣域黑道組織，可以預見他們會各自向上級請求支援。總之，將有接近這個數字的黑道份子大舉入侵，請各位做好心理準備，擬定對策。」

「商談的日期決定了嗎？」狐塚一邊在記事本上做筆記，一邊問道。

「還沒。」三宅警部使了個眼色，於是同樣來自縣警、酷似詹姆斯・卡格尼（James Cagney）的刑事答道，「雙方似乎都在觀察對方的動靜，以調整日期。不過，這兩、三天應該就會決定了。如果不是月底，最晚下個月的月初就會過來。」

「如果從關東、關西過來，至少也得在本市住一晚，但是一次來三百六、七十人，光是市中心的旅館也容納不下吧？」猿渡說，「他們打算住哪裡？」

在三宅警部的示意下，這次輪到長得像愛德華・羅賓遜（Edward G. Robinson）的縣警刑事回答：「他們沒來過這裡，所以也沒有固定留宿的地點。不過我指的是在該市出生，父母、親友住在市內以外的人。至於旅館，」他看著記事本，以一種與外貌不符的嚴謹語氣說道，「我大致調查過，本市與周邊的觀光景點有些距離，因此觀光旅館的數量較少，市中心有執照的旅館只有二十四家，其中能容納最多房客的喜久屋，消費對象以畢業旅行的學生團體為主，不過這家旅館最多也只能容納一百一十人，不管怎麼樣，這批人都得分開住宿。二十四家旅館裡，有五家屬於高級料理旅館，如果有人要住在這裡，頂多只有組長或幹部級的兩、三個成員。剩下的十九家旅館，能夠容納的房客人數總計為四百九十人，只要當天晚上其他房客不多，他們都可以住進旅館過夜。此外，還有兩家所謂的簡易旅館，分別可容納六十人，不過這裡有三十至四十名長期房客，多餘的床位只有二十至三十個。」

「他們有沒有可能住進飯店或汽車旅館？」鶴岡問道。

「幾乎不可能。」似乎與鶴岡熟識的三宅警部以恭敬的語氣親自回答，「本市的飯店只有一家天使大飯店，不過這是以高級商務人士為客層的商務飯店，除非一般旅館已被預約一空，否則他們應該會敬而遠之吧。國道沿線有幾家汽車旅館，但是離市中心都很遠。」

「不過看樣子，當天的警力恐怕不足呢。」鶴岡擦拭鏡片說道，「如果他們分開住宿，可能會分散在十家以上的旅館，我們必須在每一處派人監視，車站周圍也需要不少人手，盯緊那些搭國鐵過來的人。」

「兩邊的轄區同仁，有些人認得這些黑道份子的長相，我打算向他們請求支援，不過人手還是不夠呢。」三宅也是表情凝重，掃視在場的刑事們。「有沒有什麼好的提案？」

「請問，」神戶大助戰戰兢兢開始陳述意見。「把他們通通集中在一個地方怎麼樣？剛才報告中提到的天使大飯店，那裡的床位正好有三百八十個，只要他們全部住在那裡，應該比較容易監視，也不容易驚擾到市民。」
三宅警部嘴角的香菸垂了下來。「你說什麼？」
大助被三宅瞪視，吞吞吐吐地說：「也……也就是說，幸好他們還沒決定抵達日期，所以……等他們一決定，就請天使大飯店把當天的預約全部取消，然後……想辦法讓他們通通住進天使大飯店，也就是呃……很簡單，只要把其他旅館當天的床位全部預約起來就行了。」
三宅警部以及那對縣警華納兄弟紛紛露出目瞪口呆的表情。反之，另一頭的一課刑事們得意地笑了起來。
「嗯，這麼一來，就能做好萬全的對策了。」猿渡低聲竊笑，興奮地說，「只要集中監視天使大飯店就行了。」
「只要動員署裡所有員警的家屬，把這一帶的旅館全部訂光就行了。」布引也張開缺門牙的嘴，笑逐顏開地說道，「同仁們的家屬一定很開心！」
「我們只要喬裝成飯店服務生就可以了。」就連之前總是唱反調的狐塚似乎也已習慣了大助的作風，這一回興致高昂地插嘴，「幸好對方不認得我們。這麼一來，就算他們在飯店裡發生糾紛……，不，一定會的，我們可以馬上逮捕他們。」
「等一下、等一下，你們別昏頭了。」三宅警部低吼道，「你們也明白那種事根本辦不到吧？」

「可是這個方法相當不錯啊！」鶴岡笑著說，「只要讓兩組人馬住在同一家飯店，他們就會彼此牽制，不會跑到飯店外頭亂晃了，光是這樣就能讓市民免受驚擾了。」

「鶴岡兄，怎麼連你都這麼說？」三宅警部受不了地叫道。「那種高級大飯店業者是不可能協助這種危險計畫的。」

「不，呃……」大助連忙探出身子說，「那個，我一定會讓他們協助。」

猿渡從旁補充說：「這位神戶刑事的父親，就是那家天使大飯店的老闆。」

以三宅警部為首的縣警刑事們總算恍然大悟，目不轉睛地打量起大助。此時，大助才發現這些人與幫派電影明星的相似之處，並徹底被震懾住了。他相信三宅警部的太太一定長得跟洛琳．白考兒（Lauren Bacall）（註）一模一樣吧。

「那麼你就是那個富豪刑事囉？」三宅警部半帶嘆息地說道，並回望著部下們。

「真羨慕這個署哪，花錢可以毫不節制。」

縣警的刑事們全都露出羨慕萬分的表情。

「請問，我剛才的提案，警部意下如何？」大助擔心地問，「這個狀況很特殊，我認為可以採用比較特別的作法。」

「有沒有其他意見？」三宅警部正猶豫不決，不想立刻舉手贊成，他表情複雜地與部下們商量。「這種方法行得通嗎？」

「從各位的話聽來，」一臉苦相的彼得・洛利開口說道，「似乎已經決定由這位刑事獨自負擔其他旅館的一切費用，而且完全不認為這麼做有何不妥。不過，真的要由這位刑事負擔嗎？」

拐彎抹角的說法真的很符合他，兩、三名刑事忍俊不禁，笑了出來。

「那還用說嗎？上面才不可能出那筆錢呢。」狐塚最近似乎對金錢改觀了，認為有錢人應該盡量出錢，他故意自暴自棄地這麼說，好像不想讓別人以為他在接受大助的恩惠。

「可是會花上一大筆錢呢。」彼得・洛利刑事一臉泫然欲泣地注視著大助。

猿渡竊笑著說：「兩位講的之所以兜不攏，是因為我們的金錢觀與神戶差太多啦。」

「你的意思是，對於這位刑事來說，這種程度的花費相當於我們普通人買一杯咖啡嗎？」

「就我這個與他交情最好的朋友來看，你的比喻並不恰當。」一如往常，猿渡迫不及待地想跟別人談論大助，興高采烈地開始說明。「以財產的比例來看，對於神戶

註：女星洛琳・白考兒是亨佛萊・鮑嘉的妻子。

刑事來說，這筆費用的金額應該遠低於一杯咖啡的錢。不過，神戶刑事具備充分的常識，一杯咖啡的錢在他來說就是一杯咖啡的錢。只是金額到了一百萬、一千萬或一億的時候，反而是我們的金錢觀沒辦法適應了。關於這一點，神戶的金錢觀比我們更廣泛，而且有絕佳的平衡感。」

「不必長篇大論了。」狐塚齜牙咧嘴地說，「別過度讚美有錢人。」

猿渡紅著臉，沉默不語。於是，大助忙著說服縣警的刑事們，「能不能換個角度想想？包下市中心的旅館，是天使大飯店經營策略的一環。事實上，以前家父為了替觀光都市的大飯店鍍金，想讓前來日本觀光的某國重要人士在那家飯店留宿，於是把市內其他旅館當天的床位都包下來。只要想成是相同策略就行了。」

「但是，這次來的不是貴客，飯店可能會被搞得一塌糊塗，而且那些傢伙手腳不乾淨，飯店裡的設備很可能失竊。他們若是打架滋事，設施也許會被破壞。說不定還有人攜械，甚至發生槍戰，連工作人員都有生命危險。」三宅警部以懷疑的眼神看著大助。「就算你擅自主張，你父親這個飯店老闆會不會答應，也很難說吧？」

大助抬頭挺胸說：「如果家父在場，他一定會這麼說：如果能為打擊犯罪盡一份力量，就算被破壞十幾二十家飯店，我也在所不惜。」

「可是，工作人員的安危很重要啊。」

「所以才由我們喬裝啊。」狐塚刑事熱心地說，「至少直接與客人接觸的服務生都由刑事擔任，然後把這些作亂的傢伙一個個逮捕。」

「我看你很想逮捕那些傢伙哪。」

警部半帶諷刺地說道，部分刑事知悉狐塚向來熱衷於逮捕犯人，紛紛笑了起來。

「問題是，當天想在市內旅館住宿的民眾該怎麼辦？」

長相酷似詹姆斯．卡格尼的刑事問道。在場者原本只考慮到黑道份子，此時紛紛回過神來，面面相覷。

「原本想在市中心旅館留宿的人就沒地方住了，那些人怎麼辦？市郊有兩、三家溫泉旅館，但是地點偏遠、交通不便。怎麼辦？嗯，OK。還是交給各家旅館判斷了。嗯，OK，請旅館業者配合一下吧。交代旅館，若有身分確定的熟客預約，那就讓他們住宿。OK，有重要事情的客人，一般都會事先預約吧。嗯，當天光顧的客人怎麼辦？女客、帶女人的客人、帶小孩的客人，這些客人應該沒問題。除此之外的客人，為了慎重起見必須通通回絕。OK，這部分也只能交給各家旅館判斷了，這點小事他們應該會配合。OK，他們也不想讓黑道份子入住，這也是為了自己居住的城市著想。」

卡格尼比手畫腳、喋喋不休地講了一大串。這名刑事似乎習慣以自問自答的方式動腦思考，其他刑事了解這一點以後，也放心聽起他的分析。

「OK，接下來的重點是天使大飯店。這裡與其他地方相反，得拒絕一般客人入住。嗯，那麼，當那些幫派份子前來預約時，又該如何區分？嗯，萬一真的來電預約，卻被誤認為一般客人而回絕的話，難得的計畫就泡湯啦。嗯，怎麼辦？嗯，OK，最近的五星級飯店都會把熟客的名字輸入電腦，差點忘了有電腦呢！OK，前來預約的客人身分應該可以用電腦過濾。OK，嗯，此外的客人怎麼辦？嗯，就算身分有點可疑，也都接受預約好了。OK，然後看看當天抵達的客人，如果顯然不是幫派份子，那就說明原委，請他們住進別家旅館。當然啦，其他旅館都被警方預約了，房間要多少有多少。為了辨識客人，最好由一位負責的刑事跟著。OK！」

「你還是老樣子，每次聽你說話，連我都覺得自己的腦筋也變快了。」三宅警部笑道。事實上，卡格尼刑事的說話方式確實有這種效果。

「打算預約旅館，結果到處都客滿了，他們會不會因此起疑呢？」鶴岡邊想邊說，「如果確定要執行神戶的提案……」

「他們會認為被對手搶先預約了吧。」長得像愛德華・羅賓遜的刑事以穩重的語氣說道。「為了牽制這群人的行動，警方就算被發現戒備森嚴也無妨。但是，警方把他們誘進天使大飯店的計畫以及由刑事喬裝成飯店員工一事絕不能被識破。萬一被發現，他們一定會逃離，那麼一來，將會造成一般市民的困擾，難得撒大錢的計畫也會失敗。」他惡狠狠地瞪了狐塚一眼。「在飯店裡，各位的行動最好收斂一點，刑事身分才不會被對方識破。」

他的威嚴瞬間讓狐塚垂下了視線。

「關於他們的協商地點，」布引說道，「還沒決定嗎？」

「好像還沒確定。」愛德華・羅賓遜刑事緩緩地點頭。「不過，希望能安排他們在飯店的宴會廳或主廳舉行哪。即使不加干涉，在那裡舉行的可能性也很大。」

「聽各位的口氣，似乎已經決定採用這位富豪刑事的提案了。」三宅警部站起來。「好，我明白了，反正沒有其他主意，也沒時間考慮了，就這麼辦吧！他們今、明兩天就會決定幾號要過來了，我們必須趕在這之前請求各家旅館協助，請各位分頭進行，細節明天再討論。神戶刑事，飯店的交涉就交給你了。」

當天晚上，大助在神戶豪宅內佔地三十坪的晚餐專用餐廳裡，在璀璨的水晶吊燈照耀下，一邊享用晚餐，一邊把白天開會的內容告訴父親。「如此這般，搜查會議雖然已經結束，不過兩邊的轄區警署立刻通報，表示黑道組織已經確定行程，將在十一月四日抵達本市，隔天五日中午，他們會在市內的某處進行會談，結束之後再回去。希望父親能在四日及五日，借我們使用天使大飯店。能不能請您跟總經理說一聲，請他們協助警方呢？」

神戶喜久右衛門完全沒碰最愛的椰子嫩芽沙拉，專心聆聽大助說話。不過大助才說到一半，他的眼睛就濕了，當大助說明完畢後，泉湧般的淚水已將老人的絲綢圍巾沾濕了一大片。「那麼，那家飯店可以為你的工作派上用場嗎？它幫得上警察的忙嗎？那家飯店是我用不義之財蓋的，你竟然能夠用在社會公義上！」老人哭哭啼啼地說道。「你真是個天使，是神明的使者，你是上天為了洗清我的罪孽派來的活神仙哪！呃呃呃……」喜久右衛門兩、三下就被痰噎住，翻起白眼。

「怎麼可以在用餐中說這些呢？明知又會變成這樣子！」鈴江從剛才就在座位上躬身戒備，此時立刻飛奔過來，一邊照顧老人，一邊責備大助。

「因為這件事很急嘛。」大助也站起來，向鈴江辯解。「而且他什麼都還沒吃啊！」

「啊，已經好了，已經好了。」喜久右衛門的發作平息了下來，拍拍鈴江的手背說道，「我只是被興奮噎住了，一點都不難過。那麼我馬上交代，叫總經理過來。剩沒幾天了，嗯，你說他們幾號要來？」

「十一月四日。」

「那得快一點。等一下，十一月四日，這個日子我怎麼有印象？哎呀，那天不是我生日嗎？」喜久右衛門瞄了能幹的祕書一眼。「妳沒發現嗎？」

「不，大助少爺一說出那個日期，我馬上就發現了。」鈴江一臉泫然欲泣地說道。「只是，我希望老爺忘了，所以沒提醒。因為老爺在每年生日的當天，一定會在天使大飯店的宴會廳招待當晚住宿的所有房客，並舉辦生日晚宴。而且我知道老爺的個性，如果讓老爺想起這件事，就算當晚住宿的客人全都是黑道份子，也會堅持依照往年的慣例舉辦晚宴……」

「那怎麼可以!?」大助跳了起來。「不可以做那麼危險的事。我不允許，不，警方不會准許的。」

「唉，等一下。」喜久右衛門的眼睛開始閃閃發亮。「這樣啊！唉，我都忘了，這樣啊，要是放過這個機會，那我就沒機會看到可愛獨子工作的模樣了。」老人嘴巴半開，舌頭在裡面蠕動。「哪有不舉辦的道理呢？」喜久右衛門突然面露悲傷的表情，以微弱的聲音夢囈般地向大助傾訴：「老年人這種動物啊，很難改變長年以來的習慣。喏，大助，你向來是個孝順的孩子呀。」

大助手足無措了起來。「對方可是黑道耶！」

「那算不了什麼。」老人笑道。「我才不怕咧。你不知道以前的我呀，才會操那種無聊的心呢！」

「往年都是由我陪著老爺，在晚宴中隨時待命。」鈴江毅然決然地表示，「如果無論如何都要遵循往例，那麼我今年也要一起去。」

「不，這不行。」喜久右衛門把鈴江當成親生孫女般疼愛，聽到她這麼說，在輪椅上吃驚地仰起上半身。「太危險了，叫荒熊虎八那個書生跟我一起去吧。」

「那個粗魯的書生，以前曾經在玄關把老爺連同輪椅一起推倒。」鈴江堅持說道，「不管怎麼樣，我都要陪老爺去。」

大助深知這兩人異常固執，話一說出口，就會堅持到底。大助忍不住抱頭，深深嘆了一口氣。

「他們一旦決定就不聽勸了，我怎麼阻止都沒用。」

翌日，大助在二度召開的會議上報告這件事，三宅警部露出略微苦澀的表情說：「老人家就是這樣。唉，沒辦法哪。再怎麼說，他都是那家飯店的老闆，就算他的要求有點任性，我們也得聽從。為了維護晚宴賓客的安危，得再增加警力，喬裝成宴會廳的服務生。」

此時，一名壯碩的中年男子在刑事的帶領下，走進特別對策總部。

「哦，」大助站了起來。「我來為各位介紹一下，這位是天使大飯店的總經理真田先生。」

在數十名刑事銳利眼神的注視下，真田顯得有點畏縮。不過，他不愧是飯店總經理，維持著一貫的威嚴，在大助替他安排的位置——三宅旁邊坐定之後，行了一個禮說：「敝姓真田。」

三宅簡單地自我介紹，然後馬上開始詢問：「我想您已經從神戶刑事那裡聽說了我們的作戰計畫，可以請您提供協助嗎？」

「樂意之至，我最喜歡做這種事了。」真田興沖沖地表示，急忙咳了一下。

「不，這麼說有點語病，我的意思是，本店十分樂意提供協助。」

「話說回來，真田先生，如果我們要喬裝成天使大飯店的員工，最少需要幾個人？」

「以飯店的專門術語來說，核心員工的人數至少需要飯店床位數的一半。換句話說，天使大飯店總共有三百八十張床位，因此需要一百九十名員工。」

三宅警部低語。「有點多耶，實在沒辦法安排這麼多人手。」

「當然，實際接觸到客人的員工比這個數量更少。」真田急忙補充說明，「例如，廚師和接線生等等不必喬裝，就由原職的員工擔任。如果派得上用場，本店的員工任憑警方使喚。」

「感激不盡。」三宅輕輕行禮。「那麼，請您依序說出必須接觸客人的員工。」

「首先，需要一名門房。」

「哦，這是確認出入份子的重要角色。嗯，飯店玄關周邊也需要派兩、三名便衣，隨時跟監辦理入住手續後又外出的房客，不過戒備玄關處的人還是門房。」三宅環顧眾刑事之後，迅速對左側的卡格尼說：「那就麻煩你吧！」

「是！」

朝氣十足的卡格尼刑事感覺非常適合穿上英挺的門房制服。

「櫃檯、大廳四周需要五名行李員（bell boy）。」真田說，「這五個人其中之一必須負責指揮，算是領班。」

「那是替客人提行李之類的服務生吧。」三宅對猿渡點點頭說：「由你擔任領班吧。我會派四名年輕刑事給你，留意有些房客會從外面帶女人回來。當然，你必須把那些女人趕回去。」

「明白了。」猿渡點點頭。他預料到時候一定會有人為了女人引發口角。

「接下來是櫃檯，櫃檯裡除了我這個總經理，還有一位櫃檯經理。只有發生問題時，我們才會與客人接觸，不過晚上十點以後，我們會與夜班經理換班。」

「只有一個晝夜，兩邊都由我來擔任吧。」三宅警部說，「若有什麼不明白的地方，我再請教您。」

「出於職責，當天我會一直待在總經理室，有問題隨時找我。另外，櫃檯這裡只需要一名刑事就可以了，我再派一名真正的員工支援吧。」
「最好是笑容可掬，由你來扮好了。」三宅對娃娃臉的布引刑事點點頭。
「如果那些人蜂擁而至，我再派人支援。」
「收銀員也只要一名就夠了，我派一個熟悉機械操作的員工幫忙吧。」
「也有可能會發生金錢糾紛。鶴岡兄，收銀部分就麻煩你了。」
「接下來是客房組。以兩百八十間客房數來看，還是需要分派相當多人力。天使大飯店是六層樓建築，二樓是婚宴會場，三樓以上才是客房。三、四、五、六各樓層的服務台至少需要兩名人員，總計需要八名客房服務生或女服務生。此外，平常還需要一名客房領班來指揮這些服務生。」
「為了負起提案的責任，最麻煩的客房領班就由神戶刑事來擔任吧。」三宅說，「這份工作必須完全掌握那些傢伙的動靜，算是最重要的。你底下的八名服務生由年輕刑事擔任就可以了。」
「沒有一名女服務生，不會讓人起疑嗎？」真田提醒說，「一般客房服務生都是由女性擔任。」
刑事們七嘴八舌地談論了起來。

「派女警喬裝就好了嘛！」

「我們署裡的女警都是熊腰虎背耶！」

「不，也有四、五個女警還蠻適合的。」

「如果太適合，搞不好會引起麻煩。萬一有客人召喚，服務生就得進入客房，裡面是密室啊，會有被侵犯的風險。」

「如果女服務生輕易制服想亂來的客人，反而很奇怪吧！」

狐塚從剛才就一直心浮氣躁地觀望會議的進展，此時終於按捺不住地開口了，「組長，那我要負責什麼？我從剛才就一直默默聽著，結果重要角色都被別人搶走了，我根本沒機會大展身手。請給我一個合適的角色吧！」

三宅警部正在低聲與真田商量事情，聞言抬起頭來說：「我們正在商量，恰好還有一個重要的角色——房務員。請你負責這個職位。」

「什麼？房務員？」

「沒錯，就是打掃客房的清潔工。」真田說明。「由於當天的房客身分特殊，可能會破壞相當多的設備。他們應該從來沒住過飯店，這也是無可奈何。當然，衛浴設備也會頻頻故障，房務員必須負責修膳。」

「也就是打雜的嗎？」狐塚面露不滿。

「唉，別擺出那種表情。」三宅露齒笑道。「我們也會派一些女警喬裝成房務員，萬一她們遭到襲擊，你必須前往搭救。而且你的長相實在太像刑事了，如果不用房務員的制服遮一下，實在沒辦法掩飾。」

「我明白了。」狐塚不情願地點點頭。

「當晚，喜久右衛門先生會依照慣例，在宴會廳招待住宿的房客，並舉行生日宴會。」真田擔心地說，「請各位千萬別出錯。」

「宴會廳的人員配置該怎麼安排？」

「平常時段是領班一名、服務生兩名、女服務生四名、收銀員一名。」

「由你來擔任領班吧。」三宅向彼得・洛利刑事下令。「宴會進行時，所有賓客都會集中在大餐廳，其他地方不必戒備，所以神戶和猿渡也來擔任服務生。其他二十幾歲的年輕刑事只要有空，全部都來擔任服務生。女服務生由女警負責。我也會以總經理代理人的身分參加宴會，負責戒備。」

「一樓有西餐廳、咖啡廳等等，與宴會廳相鄰，同一批人力可以兼顧。另外，二樓有一家小型酒吧，那裡需要一名酒保。」

「我來吧。」愛德華・羅賓遜自告奮勇說道。「我對酒類很熟悉。不過，我想那些人也不可能點太講究的雞尾酒。」

「或許有人會喝酒鬧事，拜託你了。」三宅點點頭，對全員宣佈：「各人的職務確定之後，在當天以前請自行找空檔到飯店接受正規人員的指導及訓練。」

「為了慎重起見，本飯店也婉拒了五日晚間的預約。」真田總經理說道。「因為對方可能會一直待到五日晚上。」

「真的很感謝貴飯店的協助。」三宅感激地向真田鞠躬。

「總經理，您的電話。」警部辦公桌上的電話響起，卡格尼刑事接聽之後，將話筒遞給真田。

「哦，這樣啊！很好，我知道了。」真田放下話筒，表情爽朗地望向眾刑事說：「飯店剛才已經陸續接到關西福本幫一百三十三名，以及關東水野幫一百五十二名的預約了。」

「哇！」刑事們發出歡呼。

「怎麼這麼快呀！」

「別家旅館都客滿了，他們慌了手腳吧。」

「他們竟然堂堂報上組織的名號，到底想幹嘛？」

「為了示威吧？」

「太囂張了，竟然瞧不起警察。」

「人數比想像中還少。」

「住飯店的話，費用會增加，所以限制人數吧。」

「還有一件事要報告。」真田提高聲音說，「宴會廳也接到了五日中午的預約，是一場人數兩百八十五名的宴會。在與客人商量之後，決定變更至主餐廳舉行。」

現場又響起一陣歡呼。

「警戒措施可說是滴水不漏。」

「沒想到竟然這麼順利。」

「別高興得太早，吵死啦！」狐塚從剛才就有點不滿，起身朝年輕刑事們咆哮。

「戰爭接下來才要開始！」

「這就是小說的便利之處，『當天』立刻到來。」

猿渡穿著服務生制服，站在天使大飯店的一樓大廳，對著同樣扮成服務生的神戶大助問道：「組長他們還在總部嗎？」

「好像剛出發。兩個地方很近，應該快到了吧。」大助看看手錶。現在是下午一點。特別對策總部從下午一點便遷移至這家飯店。

「你們在櫃檯旁待命，布引兄下指示再搬行李，然後把客人領到房間。他們一次會來一大群，所以沒有行李的客人不必帶路。」猿渡儼然變成了領班，俐落地指示底下四名由刑事喬裝的行李員。

猿渡比大助年長兩歲，未婚。如同讀者所知，他是大助的好友，也是個重義氣的朋友。猿渡是個推理小說迷，只要碰上智慧型犯罪，總是調查得特別起勁，徹底發揮推理的長才，有幾樁棘手的案子就是靠他偵破的。不過，這些故事應該被歸類成不同的系列，在此不得不割愛，著實感到萬分遺憾。

「內人和兩個小孩已經前往明月館了。」櫃檯的布引氣色紅潤，笑著對隔壁的鶴岡說道。「真可憐，平常沒空帶他們出去玩，只不過去旅館住一天，他們就高興得不得了，根本不必這麼早出發。」

「你們也去明月館啊？」鶴岡眨著眼微笑。「那麼現在應該正和我那六個孫子在寬敞的走廊上奔跑吧。小孩子嘛，只要不是在家裡，不管在觀光景點還是市內的旅館，一樣玩得樂翻天。」

此時，三宅警部率領縣警華納兄弟進入大廳。

「各位，集合一下。」

這批縣警個個長得像黑幫電影明星，似乎是刻意組成的，彼此合作無間。據說，三宅警部原本就對自己的容貌具有強烈的自我意識，因此基於好玩收編了這些人，並加以培育。這隊人馬以不遜於華納電影的活躍行動力對抗縣內的黑道組織，在他們創造的事蹟當中，有不少大快人心的插曲足以寫成一部長篇小說，不過在此不得不割愛，實在令人萬分遺憾。

「剛才兩邊的轄區警署有通報，」三宅警部對集合在大廳的刑事們說道，「福本幫搭乘三輛觀光巴士過來。他們早上十點出發，所以會在下午四點抵達。水野幫則搭乘國鐵，由於座位的關係，他們至少得分成四梯次，搭乘相隔約四十分鐘的列車過來。第一梯次的列車會在下午兩點到站，接著是兩點四十分、三點二十分及四點，每一梯次將會有三、四十個人。因此水野幫最後一批人及福本幫全員在下午四點同時抵達以後，飯店大廳及咖啡廳將會最混亂，有空的人請盡量幫忙。最後，為了慎重起見，我再次提醒各位，千萬不要擺出警察架子，你們是這家飯店的員工，對方是付錢住宿的客人，必須恭敬接待。除非有重大狀況，否則千萬要忍耐，明白嗎？好，解散！」

「為什麼我們非得服務這些黑道份子不可？」三宅警部的訓話一結束，穿著房務員制服的狐塚就走到櫃檯前，撇著嘴一臉不滿地向布引抱怨。「一定會有人搗亂嘛，可是我們卻不能逮捕。就算有人犯下重大惡行，也得等他們退房時才能動手抓人。哪有這種蠢事啊！」

「可是，這次的計畫最重要的目的是保護市民的安全以及維持市區的秩序啊！」

布引一邊笑著，一邊安撫他。

「早知道這樣，當初就不該贊成那個富豪刑事的主意了。」狐塚嘴裡還在不停地嘀咕著。

狐塚與布引在署內也算是一對知名的搭檔。狐塚血氣方剛、毛躁易怒，揭發惡行總是毫不留情，有時候也會因為手段過於殘忍而引發爭議，不過這一切都是因為他的正義感，同事與上司都很清楚，所以從未苛責過他。布引則是狐塚的晚輩，為人風趣幽默，總是主動攬下牽制狐塚的任務。外貌最不像刑事的布引，與最具有刑事風格的狐塚竟然意氣相投，說是不可思議，其實也是理所當然，或許這是他們被視為知名搭檔的原因之一吧。兩人的個性完全不同，總會擦出火花，互相合作也解決了不少案子。兩人的性格對比妙趣橫生，若是寫成小說，一定是一部很有趣的作品。遺憾的是，在這裡不得不忍痛割愛。

不久，關東黑道組織的第一梯次抵達，喬裝成門房的刑事隨即陷入忙碌狀態，另一個門房卡格尼刑事迎接搭計程車過來的幹部，以及從車站徒步而來的年輕組員。每五人就有一人因為被玄關的旋轉門夾住而破口大罵，得替他們解圍。在櫃檯，布引正與幾名幹部交涉房間的配置，好不容易分配完畢，就會有人抱怨，又得重新來過。有些人沒帶行李，若把鑰匙直接交給他們，讓他們自己去找房間，就會有人搞錯樓層或迷路，氣得大吼大叫。一遇到這種狀況，扮演行李員的猿渡等人，以及在樓層服務台待命的大助等人必須立刻趕去安撫。有人一進房就跑進浴室，卻不知道蓮蓬頭怎麼使用，頻頻打電話詢問；有人弄壞水龍頭，還有人被熱水燙傷，搞得大助和扮演房務員的狐塚忙得人仰馬翻。

這些人都還沒搞定，緊接著第二梯次、第三梯次也抵達了。而暫時被送進客房的人開始覺得無聊，不是晃到大廳，就是跑去咖啡廳。這些傢伙仗著人多勢眾，圍住由女警喬裝的服務生，甚至想強行摟抱；有人跑去酒吧喝酒，有人開始打架鬧事，令在場的刑事大感驚訝。自己人就吵成這樣，要是關西組來了，究竟會鬧成什麼樣子？

「傷腦筋，有位客人一直到今天還是聯絡不上，無法請他們取消預約。」在總經理室，真田一臉擔憂地向三宅警部報告。「是住在美國紐約市的喬．J．喬丹先生，他在兩個月前已經預約了。這位先生最近剛結婚，正與太太莉塔女士環遊世界度蜜月，由於他們在歐洲各大都市旅遊，無法掌握行蹤，於是就拖到了今天。」

「他們從哪裡、搭乘哪一班飛機、幾點會到，完全不知道嗎？」

「是啊，我打算等他們抵達之後，親自向他們說明原委，請他們到別家飯店住宿。不過由於他們是外國人，可能不願意住進日式旅館，再加上如果深夜抵達，也有可能不肯遷移到遠處的飯店。」

「若是逼不得已，可能會讓他們住下來吧。唉，不必擔心。」三宅自信滿滿地點頭說，「幸好幫派的人數比預期還少，為了應付臨時有客人投宿的狀況，我已經交代盡量空出六樓的客房。我把五樓的雙床雙人房都塞了兩個人進去。那對外國夫妻是來度蜜月的，當然會住進蜜月套房，六樓最裡面的蜜月套房應該很安全。我就這麼交代布引刑事吧。」

三宅俐落地說著，伸手就要拿起話筒，此時，狐塚連門也沒敲，驚慌失措地衝了進來。

「組長！原來您在這裡，找您找了好久。」

「如果你需要我，就吹口哨(註)。」

可惜狐塚不懂這段話的典故，只有總經理苦笑了一下。

「523號房聚集了五名小混混，開始抽起大麻來了！」狐塚的眼睛幾乎快噴火了，瞪著三宅說，「他們說水龍頭壞了，所以我進去修理。那些傢伙看到我，毫不在乎地輪流抽大麻，還說這家飯店的員工怎麼每個人都有一雙警察眼。組長，不能以現行犯將那些人逮捕嗎？如果等到明天，或許就沒有證據了！」

「唉，忍耐一下，忍耐一下。」三宅警部站起來，拍拍狐塚的肩。「你現在可不是刑事啊！」

狐塚忿忿不平，還想繼續說什麼，此時鶴岡敲敲門，走了進來。

「組長，在車站負責盯梢的關東轄區刑事橫山剛才通報，由水野幫老大水野十郎率領第四梯次的四十一名兄弟所搭的列車抵達了，正在往這裡的路上。」

「戰爭終於要開打了。」三宅用力點頭。「我也去櫃檯幫忙吧。」

下午四點十二分，關西組及關東組的主隊同時抵達。

櫃檯前的大廳，老大水野十郎與福本平藏分別被年輕幹部包圍著，彼此對峙，讓嚴陣以待的刑事們一陣緊張。

「啊，好一陣子不見，福本兄，你看起來氣色不錯嘛！」

「你看起來也很健朗，真是太好了。嗳，敍舊就留到明天吧。」

「哇哈哈哈……」

「哇哈哈哈……」

兩人的對話只到這裡為止。敍舊是指什麼？與會談內容有關嗎？這段若無其事的對話，讓一旁豎耳偷聽的猿渡感到一股詭異，脖子上的毛髮都倒豎了起來。

可能是因為雙方老大充滿了壯年的威嚴氣勢，在現場作陣，兄弟們並沒有起衝突，房間分配完畢後，幾乎所有人都乖乖回房，刑事們總算鬆了一口氣。

「第一道難關總算度過了。」鶴岡在櫃檯裡觀望，低聲對一旁的三宅警部說，

註：出自亨佛萊．鮑嘉主演的電影《逃亡（*To Have and Have Not*）》中的台詞。

「兩路人馬好像對彼此也沒有多大的敵意。」

「他們臉上都掛著笑，還會互相點頭示好呢。」三宅有些意外，納悶地偏著頭說，「不過，也有可能是為了鬆懈對方的心防。換個角度來看，剛才的氣氛也可以算是一觸即發。」

鶴岡並沒有特別反對，緩緩地點頭。「下一個難關是神戶喜久右衛門先生的生日晚宴，什麼時候發出邀請函？」

「現在好像有半數以上的人都在房間裡。」三宅伸長脖子，窺看咖啡廳的來客數說，「交代神戶他們，立刻分發邀請函到各間客房。雖然耗時，不過不能只把邀請函丟給對方就算了，一定要說明邀請主旨，這樣才能掌握他們的動靜。」

鶴岡若無其事地提議：「我想，或許有必要到兩位老大的房間，拜託他們讓全員出席，最好是經理親自拜託。不過警部很忙，由我這個經理代理人執行也可以。」

「這一點我倒是沒想到。」三宅驚訝地注視鶴岡說，「這麼一來，全員勢必會出席，我們也比較容易警戒。可以請鶴岡兄走一趟嗎？這個任務再適合你不過了，如果我去的話，對方一定會因為我這張臉產生戒心，搞不好還有人被嚇到。」

「明白了，那麼我去去就回。」鶴岡輕鬆回答，離開櫃檯，瀟灑地往電梯前的大廳走去。

鶴岡刑事的體型高瘦，乍看之下像個學者，又像個耿直的會計課課長。事實上，這位中年刑事十分有人情味，總是照顧年輕的刑事，在本職方面，也擁有相當敏銳的直覺與推理能力，在署內頗受愛戴。他時常在搜查行動中利用自己獨特的行事風格，漂亮地解決了不少案子，幾乎每起案子都可以寫成別具風味的捕快小説，但為了盡快交代事件，無法在這裡詳細説明，實在遺憾。

離晚上七點還有十分鐘，神戶喜久右衛門即將抵達飯店，猿渡正準備迎接，順便詢問在玄關旁立正站好的門房卡格尼刑事，「有沒有人溜出去？」

「有五、六個人分成兩批出門，不過剛剛回來了。」卡格尼答道，「可能去買東西吧。因為地下樓的商場今天暫時歇業。」

「晚宴在七點開始，所以市區內的警備可以輕鬆一些。」猿渡點點頭。「要是他們晚上出去亂晃就糟啦。」

喜久右衛門與鈴江搭乘的勞斯萊斯抵達正門的停車坪。卡格尼刑事從副駕駛座搬下輪椅，猿渡攙扶著後座的喜久右衛門下車，讓他坐上輪椅。鈴江推著輪椅，從自動門進入大廳，猿渡欲上前護衛，卻被卡格尼刑事匆匆拉住。

「告訴我，那個推輪椅的絕世美女……，那個女警叫什麼名字？我竟然不曉得署裡有這麼漂亮的美女。」

「她不是女警。」猿渡笑道。「她是神戶家的祕書，是神戶刑事的未婚妻。」

事實上，大助與鈴江根本沒有訂婚，猿渡卻這麼認定了。

晚上七點，主餐廳沉重的山毛櫸門打開了。那些道上兄弟聽說宴會將提供豐盛的特製頂級料理，刻意餓著肚子等待。此時，他們鬧哄哄地一湧而入，各自找位子坐下。最後，兩名老大分別在年輕幹部的護衛下走進來，各自在中央相鄰的兩桌坐下。正中央是喜久右衛門的座位，鈴江服侍著坐輪椅的喜久右衛門，一旁的桌上放著豪華的生日蛋糕，蛋糕上插放的七十幾根蠟燭正搖曳著火光。

道上兄弟紛紛被現場的氣氛震懾住，又因為兩位老大在場，看起來比平常更安分，可是沒教養的惡習藏也藏不住。刑事喬裝的服務生、女警假扮的女服務生四處倒香檳，準備讓他們等一下乾杯，沒想到一眨眼就被喝得精光，而一開始上的前菜也在轉眼間被吞食一空，還有人嚷著：「快過來倒酒！」「快上菜！」總經理代理的三宅警部站起來，走到前方的麥克風前，說了兩、三句賀辭，又向客人說了一些致意的話之後，想要舉杯帶頭乾杯，但是底下的黑道組織根本不曉得他是縣內赫赫有名的魔鬼警部，當然沒人理他，鬧哄哄地交頭接耳，自顧自地狂吃。待上菜之後，刑事喬裝的服務生又依個人要求倒啤酒、日本酒、威士忌，場面更混亂。兩位老大和年輕幹部還會顧慮一下，偶爾叫嚷著：「混帳東西，給我安靜一點！」不過也不太有效。意外的是，平常乖僻而難侍候的喜久右衛門一副慈祥老爺爺的模樣，笑容滿面地任由眾人吵鬧，使得一旁的鈴江以及在遠處觀看的大助都鬆了一口氣，心想，不必擔心喜久右衛門會大動肝火了。

上菜上到一半，坐在末席附近的某個關東小混混突然站起來，大步走到正前方的麥克風前，一臉興奮地說：「各位，聽我說！」

這個笨蛋到底想幹什麼？——眾人紛紛大吃一驚，愣在原地，寬敞的廳堂瞬間鴉雀無聲。

「如果都沒有人要說，就就……就由我來致意，首先……，感、感……感謝招待我們的人！」

「阿勉，下來啦！」水野幫的年輕幹部站起來叫道，「這裡沒有你這小毛頭出場的份！」

「我知道、我知道，我這種小角色要代表大家致詞，實在太自不量力了。大哥啊，可是，我實在太感動了，怎麼樣都向想這個人道謝。」那個年約二十五、六歲、被稱作阿勉的小混混抽抽噎噎地說道。

「嘖，竟然醉了。」

年輕幹部啐道，還想上前把他抓下來，卻被老大水野十郎阻止了。「唉，讓他說吧，還挺有意思的。」

阿勉說：「這家飯店的人應該知道我們的身分，卻還是招待我們參加這場宴會。這裡除了我們，根本沒有一般老百姓哪，沒想到飯店竟然不嫌棄我們，還把我們當成普通客人，提供應有的服務。喂，各位，這世上還有誰會對我們這麼好？」說著說著就哭了起來。「大家都不明白，為何那些所謂有良知的市民，還有新聞媒體，都把我們當成野獸、害蟲？我一直覺得很奇怪，那些人為什麼要聯合起來欺負我們這些善良的黑道。今天，沒想到受到這樣恭敬的對待，我啊，真的太感激了，我生平第一次吃到這麼好吃的東西，真的、真的……」他終於哇哇大哭了起來。

現場氣氛頓時冷了下來，一片死寂。

「蠢蛋！」一名坐在麥克風附近的關西黑道份子吼道，還跳了起來，勃然大怒。「你這樣也算是關東組織的嗎？竟然為了這點事痛哭，哭得像個白痴似的。這頓飯局不就是暴發戶、資產階級的餘興節目嗎!?什麼嘛，那個大得要命的蛋糕！那種東西，看我把它砸爛！」他朝著蛋糕跑了過去。

大助為了保護父親，正要衝上前去，不過端菜的領班彼得．洛利刑事故意撞上經過他身旁的那個混混，把俄式牛柳番紅花飯連同盤子砸在對方臉上。

「燙燙燙燙死人啦！」小混混跳了起來，整張臉和身上的西裝被奶油醬汁染出白褐相間的紋路，渾身沾滿了飯粒。他氣呼呼地抓住彼得．洛利的衣襟。「幹什麼！」他一巴掌打下去。「你是故意的吧！你是領班吧！」一拳揮下去。「領班可以對客人做這種事嗎？喝！」又是一拳。

「對不起、對不起、對不起。」彼得．洛利刑事一臉泫然欲泣，虛弱地道歉，任憑對方毆打。

「對啊，揍他、揍死他！再打！」同樣坐在正前方附近的關東組織裡，有一名成員站起來叫囂。「做壞事不需要理由，反正我們就是受盡嫌惡的一群！是野獸、是害蟲，這樣不就得了！」

「就是啊、就是啊！」應和聲此起彼落，關東黑道洋洋得意了起來，一副趾高氣揚的模樣。「既然我們被嫌惡，那就來做些惹人厭的事吧！說起來，這裡的女服務生個個長得像醜八怪，有夠糟。對了，叫那個小美人過來倒酒吧！」他指著鈴江說道。

鈴江渾身僵硬，大助在稍遠處戒備。

「要是妳敢說一個不字，我就當場把妳剝光！」

「上啊！上啊！」那個關東混混在眾人的鼓譟聲中，大步走向鈴江。此時，後方傳來了威嚇聲，「龍三，還不給我住手！」一個穿和服的矮小老人站了起來，年紀遠比兩位老大更老。

在全員的注視下，老人緩緩地往正前方走去。那個叫龍三的男子光是被他一吼，就嚇得不敢出聲，由此可見，年輕部下一定相當敬畏這個老人。

「那是誰？」大助小聲詢問一旁的愛德華・羅賓遜刑事。

羅賓遜刑事剛從二樓酒吧下來幫忙，他低聲回答：「剛才在酒吧聊天的那些年輕混混有提到他，一定是水野幫老大的叔父源三郎。」並點點頭。「聽說他以前砍過好幾個人。」

矮老頭走到坐輪椅的喜久右衛門面前，一臉懷念地招呼：「喜久兄，還記得我嗎？」

「源兄……，這不是源兄嗎？」喜久右衛門的眼睛散發出欣喜的光采，接著臉一垮，光采化成了淚水。「原來你還活著啊！」

「就像你看到的，我生龍活虎的。」源三郎握住喜久右衛門伸出的雙手，大力點頭。「在你埋名隱姓的那段時期，我就知道你絕對不只是普通的外鄉人。現在，你果然變成一個了不起的人物呀！」

「源兄，啊，源兄，我一直以為像你這種火爆個性，不可能在世上活太久，沒想到你竟然還活著！真是太好了、真是太好了。」

源三郎飛快地用手背拭去淚水，回望著全員說：「聽好了，要是哪個傢伙膽敢破壞這位老大哥的生日宴會，我水野源三郎絕不饒他！你們可能不知道，過去咱們水野幫和夏目幫在搶地盤時，我和過世的前任老大到夏目幫單挑。當時，夏目幫的地盤有五、六十個部下哪！那時候，就是這位老大哥過來幫忙的。他只是在我們那邊住了四、五天，就為我們兩肋插刀！他的膽識如此過人，就算你們再怎麼虛張聲勢，他也不會把你們放在眼裡。是啊，水野幫能夠有今天，說起來都是因為這位老大哥的鼎力相助啊！」

「源兄，別對年輕人提起那些往事啦！」喜久右衛門在後面制止源三郎。「別管他們了，源兄，讓我好好看看你。源兄，我啊，剛才正好想起年輕的往事哪。這些年輕人，個個像極了年輕時候的我，我覺得好像看到了自己。啊，源兄，當時我們還那麼年輕啊！」

「是啊、是啊。」源三郎握著喜久右衛門的手，邊哭邊說，「那時候我們真的好年輕啊。喜久兄，你還記得嗎？後來，夏目幫在巷子裡埋伏，結果反而被我們奪下匕首，反手就這樣一刀……」

「源……源兄、源兄。」喜久右衛門有些慌了手腳，制止源三郎繼續說下去。「別在這裡談這種事了。怎麼樣？今晚要不要來我家坐坐？讓我們敘敘舊，聊到天亮吧。」

「你果然是條不同凡響的好漢。」源三郎點點頭。「雖然出人頭地，卻不嫌棄我這個昔日老友，還邀我去你家。啊，我一定會去府上打擾的。不過在這場宴會結束之前，我不能離開這裡，我得負責管好這群小伙子啊。」

「當然好了，源兄。這本來就是我的生日宴會，我會等你啦。」

接著，在源三郎的瞪視下，沒有人敢胡鬧，宴會順利地結束了。刑事們原本預料飯局結束後，一定會有人留下來繼續吃喝。意外的是，兩位老大一聲令下，全員迅速撤離。刑事們認為，兩派人馬像是盡量在明天的會談之前互相迴避。

神戶喜久右衛門與水野源三郎結伴離開後，當晚在神戶邸聊了什麼，無法在這裡詳細交代，實感遺憾。如果將喜久右衛門的生平寫成小說，一定是一部波瀾壯闊的長篇故事，但這裡也不得不割愛。

宴會結束三十分鐘後，喬・J・喬丹夫婦大約在八點四十分左右抵達飯店。總經理帶領他們到房間。喬・J・喬丹是個金髮的中年男子，符合股票經紀人的職業，穿著非常花俏，而喬丹太太莉塔剛好相反，打扮得很樸素，年齡與丈夫相仿，是個舉止優雅的美女。

總經理向兩人說明大致情形後，三宅警部帶著精通英語的神戶大助走了進來。喬丹太太有點吃驚地仰身說：「Oh, Bogie（註）！」

三宅警部透過大助的翻譯，對喬丹夫婦說：「我想兩位已經了解狀況，希望能夠遷移到別家飯店。」但是一如總經理所料，喬丹搖搖頭。No，No，我不想離開這裡，去別家hotel。Because那家hotel離這裡實在太long distance了，我的wife已經很累了。就算住在這裡，有這麼多detective在，perhaps很安全吧。More than all，明天我們還要早起參觀縣內的觀光景點。

喬丹太太在一旁對丈夫說：「我並沒有那麼累，我們去住另一家飯店吧。」喬丹堅持不肯離開，三宅無可奈何只得讓步。

「六樓整層都是空的嗎？」

「都是空房。」大助回答，「所以，六樓的樓層服務台並沒有安排服務生，不過十點以後的深夜時段，我們會把五樓的樓層服務台當成客房服務生總部，我會一直守在那裡，警備應該能夠做到滴水不漏。請喬丹夫婦住在六樓最裡面，如果是緊急逃生門旁邊的蜜月套房，應該很安全。我們也會經常巡視六樓。」

一切就這麼決定了，喬丹夫婦與總經理、三宅警部、神戶大助握手。一旦入住，喬丹似乎也有點擔心，在與三宅和大助握手時，嘴裡呢喃著「請確實做好警備工作」之類的話，並低頭鞠躬。

喬丹夫婦在六樓的蜜月套房安頓好之後，晚上九點二十分，防犯課少年組的一名

註：Bogie為亨佛萊．鮑嘉的暱稱。

胖女警早野正要前往客房整理房務時，遭到福本幫的混混襲擊。

早野接到電話要求送酒，四一八號房表示要威士忌與冰桶。她離開了十分鐘卻還沒回來，大助於是聯絡狐塚，請他過去看一下情況。狐塚假裝走錯房間，走進四一八號房，正好撞見遇襲的早野以柔道四段把男子摔到牆邊，對方蜷縮在牆邊，手腳痙攣，摔成了腦震盪，飯店醫師立刻趕來治療，男子總算恢復意識。早野向他道歉，大助拜託他千萬別張揚此事，而對方也不打算告訴其他人，畢竟襲擊女人，反而被摔也算是糗事一件。因此事件就此平息，並沒有引發大騷動。

晚上九點五十分，二樓的酒吧發生一場風波。水野幫的十幾名年輕人一直霸佔著狹小的酒吧，其中一人糾纏著酒保愛德華・羅賓遜，最後還把威士忌潑在正要送酒的羅賓遜的臉上。羅賓遜刑事一邊擦臉，一邊惡狠狠地瞪了男子一眼，男子不滿他的反應，抓起威士忌酒瓶，就要砸向吧台裡陳列洋酒的酒櫃。結果羅賓遜一把扭住對方的手，在場的其他人紛紛站起來。眼看著混戰一觸即發，羅賓遜刑事大聲咆哮：「你們這些兔崽子不認得我嗎？我現在雖然在幹酒保，以前可是全日本黑道老大都認得的一匹狼。我曾經幹掉不下十個人、打殘了三十個人以上。今晚就讓我的紀錄再添一筆吧！」然後，他接連說出基於職業需要而熟記的全國老大姓名，把小混混嚇得面無血色，頻頻低頭道歉說：「大哥，這傢伙愛發酒瘋，我們也很傷腦筋啊。被大哥這麼教訓一下，他以後也會學乖吧。對大哥失禮了，我們代他向您道歉，請原諒他吧。」結果這件事也在轉眼間落幕了。

如此這般，其他差點引發的糾紛，也被周圍的刑事穩當地解決或暗中了結。夜漸漸深了，飯店裡的房客大部分都待在房間裡，幾個臭味相投的同伴聚在一起喝著客房服務送來的酒，開起賭局。或許是上頭交代盡量不要到外面走動，晚上離開飯店的人不多，頂多兩、三個或四、五個結伴，約有七、八組人馬出遊。但是根據跟監的刑事說，他們在當地人生地不熟，就算走進酒店喝酒，也不敢太囂張，而且身上也沒什麼錢，無法任意揮霍，似乎很無聊。這些人也在晚上十點過後，三三兩兩地回到飯店。有一組人馬想當街行搶，也立刻被跟監的刑事以現行犯逮捕，直接帶回去警署。

晚上十點二十分，喬・J・喬丹來到櫃檯。布引以彆腳的英語與之交談，對方好像是說wife累得睡著了，他自己hungry得睡不著，不過飯店的餐廳好像打烊了，請警方允許他外出用餐。因為沒有理由不許他出門，布引便讓他外出，門房卡格尼刑事目送喬丹離開玄關，往鬧區方向走去。

儘管夜已深，飯店裡的男客都是所謂的夜貓族，他們喜好在黑暗中徘徊，遲遲不肯就寢。狐塚和大助等人還是老樣子，一下子被叫到那裡，一下子被召來這裡，忙得不可開交。狐塚在這段期間，依然不死心地跑去找三宅警部，義憤填膺、吹鬍子瞪眼地抗議：「××號房正在賭錢！」「××號房正在擦槍！」「請讓我逮捕這些人！」不管三宅警部怎麼安撫，要他等到明天下午，他還是汗涔涔地跑來抗議。

晚上十一點五分，大助等人守在五樓的樓層服務台，突然被一陣槍聲嚇到。他們循著斷續傳來的槍聲，衝向員工專用樓梯。槍聲從六樓傳來，大助判斷身穿服務生制服趕過去不太好，於是命令一名喬裝成服務生的刑事折返，並聯絡在警衛室待命的刑事。大助與另一名刑事趕到六樓，在走廊上看到幾名男子的背影，他們躲在牆壁後面，伸出握槍的手，朝電梯內射擊。看樣子，電梯前大廳的槍戰進行得如火如荼，一名兄弟躺在走廊的地毯上，肩膀似乎被射傷，流著血正呻吟打滾。

當雙方的子彈快用盡時，十幾名扮成警衛的刑事搭乘電梯抵達六樓，立刻將現場的兄弟全數逮捕。其中一人從走廊逃往深處，還回頭射擊追趕的刑事，但是警方朝不同方向開了一槍威嚇，他就嚇得腿軟，癱倒在地上。

六樓的人有福本幫七名，水野幫八名，其中十名持槍。被射穿肩膀的是福本幫的成員，還有一名水野幫的成員被射中胸部，受了重傷，雙方共有六名受到輕傷。這些人被帶到地下室的員工休息室接受警方偵訊，兩名重傷者被送往醫院。

「去看看蜜月套房吧。」猿渡趕來，朝大助大聲說道。

「是啊，那對夫婦一定嚇壞了吧。」

「不，丈夫外出用餐了，只有太太在房內。」

大助在狹窄的走廊上邊走邊說：「蜜月套房距離槍戰現場很遠，而且寢室與走廊之間還隔著兩道門。喬丹太太應該不會受到牽連，裡面也聽不清楚槍聲吧。」

「嗯，如果她睡得很熟，還真不好意思吵醒她呢。」

蜜月套房的門鎖著。

「鎖著。」猿渡說。「裡面也很安靜，可能還在睡吧。」

兩人折回電梯前的大廳附近，大助又站住了。「可是，喬丹太太也有可能被槍聲嚇到。如果真是那樣，應該盡快安撫她。」

猿渡笑道，「是啊，我也想看看那位太太穿睡袍的模樣。不過，英語方面就交給你了，你講得比較好。」

「總之，就按一下門鈴吧。如果無人應門，表示她應該睡得很熟吧。」

就在兩人又要折返蜜月套房時，喬・J・喬丹從電梯前的大廳走了出來，以英語詢問大助：「那裡有很多人，另一邊還有血跡，發生了什麼事？」

「喬丹先生，您回來得正好。其實，在您外出用餐時，這裡發生了一些事。」大助說明事件。「所以，如果尊夫人受到驚嚇，請您轉告她一聲，現在已經沒事了。」

喬丹點點頭表示明白，接著，有些納悶地偏著頭說：「可是很奇怪呢，這一層樓的房客只有我們，為什麼他們會在這種地方火拼？」

大助也感到疑惑。「這一點還不清楚，不過他們老是搞錯自己的房間。」

喬・J・喬丹甩著鑰匙圈，往蜜月套房走去，大助與猿渡目送了他一會兒，走回電梯前的大廳。現場附近還有幾名刑事，正在掏挖嵌進牆壁裡的子彈，進行採證。

兩、三分鐘之後，突然傳來淒厲的叫聲，那聲音逐漸接近，原來是喬・J・喬丹，他一臉驚恐地跑向電梯前的大廳。「我的wife被殺了！」

大助感到一陣被鐵鎚敲中後腦杓的衝擊，跳了起來。他與猿渡急忙趕往蜜月套房，此時，他想到自己草率地提出這個計畫，以及身為刑事和樓層領班卻無法善盡保護客人的職責，雙重壓力在內心、腦海裡盤旋。

待他們衝進房門大敞的蜜月套房一看，原本應該擺在正中央的矮桌翻落在牆邊，通往寢室的門也敞開。喬丹太太莉塔倒在寢室最裡側的窗前，頭部中彈。寢室裡的桌子也翻倒了，窗玻璃碎裂，邊桌上的檯燈被擊碎，牆上還留有兩個彈孔。

「那些傢伙也闖進來火拼哪！」猿渡茫然地呢喃。

喬丹朝大助怒吼，接著趕來的刑事把他帶出房間。

三宅警部走進來，蹲下來俯視喬丹太太的屍體，彷彿整個人陷進無底洞般，以崩潰的聲音呻吟：「怎麼會發生這種事？」他滿腔怒火地站起來。「徹底調查開槍的那

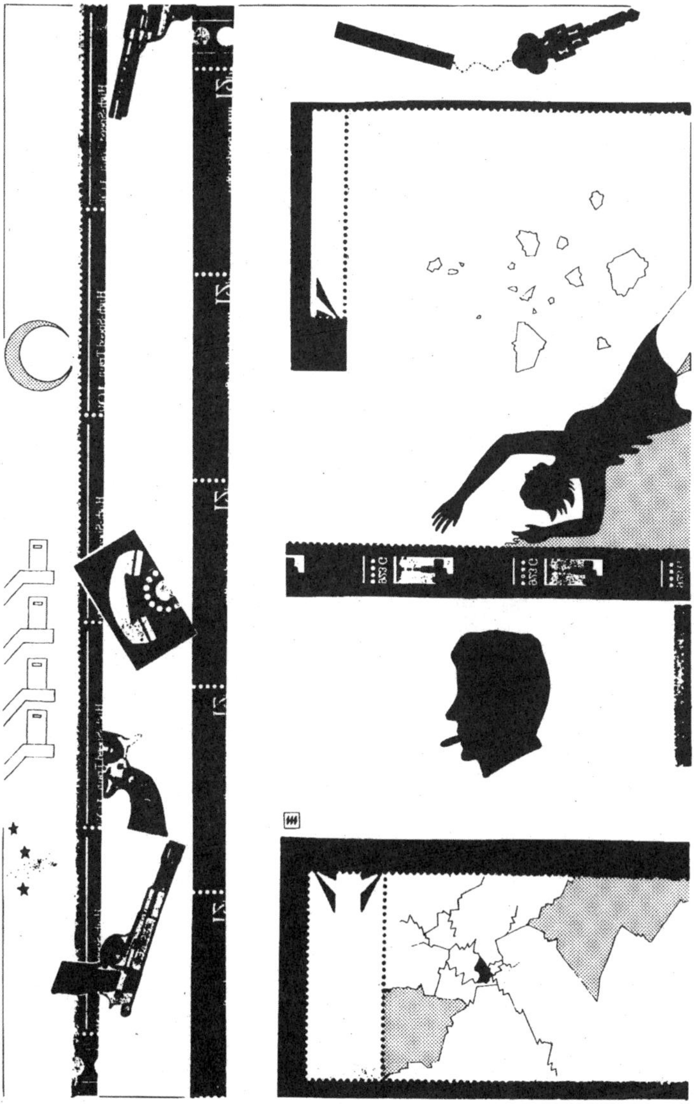

些傢伙，在凶殺組從縣警總部趕到之前，務必揪出兇手！」

凌晨一點，飯店的一樓大廳，三宅警部、縣警總部的三名刑事，以及神戶大助、鶴岡、狐塚、布引、猿渡等九人聚在一起。那些黑道份子原本還在吵鬧不休，讓喬裝成飯店員工的刑事疲於奔命，他們一得知六樓發生槍戰，有些同伴已經被捕，紛紛各自回房，飯店裡略微安靜了一些。不過在六樓的殺人現場，鑑識課等人依然持續進行蒐證。

「喬丹先生還好吧？」

「在總經理室，似乎已經冷靜下來了。」布引如此回答三宅警部。

三宅似乎不習慣布引那笑容可掬的表情，有些煩躁地又問：「他為什麼外出時忘記鎖門，你問過他嗎？」

「我用我的破英語問過了，喬丹先生表示出門前應該有上鎖。」布引以天真無邪的表情說，「而且這家飯店的房門，只要按下喇叭鎖鈕再關上，門就會自動上鎖，一旦關上門，就無法從外側打開。不過，喬丹先生說門鏈確實沒扣上。喬丹先生出門時，太太已經熟睡，他為了不吵醒太太，並未要求她從裡面拴上門鏈。」

「怎麼會！明明交代他們要小心的。」三宅面露不悅。「那麼，是太太把門打開，讓走廊上火拼的流氓進來嗎？」

「不然就是門沒鎖吧。可是不管怎樣，就算喬丹先生不記得，平常關門時，應該會習慣性按下鎖鈕後再關才對。」布引說道，「如果這麼想呢？那群流氓在電梯前的大廳吵架，其中一人往裡面逃竄，被逼到走廊盡頭，此時，他懷著孤注一擲的念頭，按下蜜月套房的門鈴。太太以為是喬丹先生，不小心開了門，於是那人便躲了進去，追上來的人也衝進去，連續開了四、五槍，其中一發命中了太太。」

「我也這麼認為。」猿渡插嘴，「根據鑑識人員的說法，寢室中發現的四發子彈，都是從同一把手槍射出來的。換句話說，闖入者沒帶槍或是子彈用盡，走投無路才會按門鈴吧。房內的桌子被翻倒，應該也是為了擋子彈吧。」

「就算一大堆猜測也無濟於事！」狐塚按捺不住地吼道，「那群火拼的流氓怎麼說？不管怎樣，兇手一定在那十五個人當中。」

三個長得像華納兄弟的刑事，在地下室的員工休息室個別偵訊那些黑道份子，但也問不出個所以然，一臉無計可施。

「關於這一點，他們的說詞完全不得要領。」愛德華．羅賓遜刑事代表眾人開始報告。「他們好像已經套好口供，宣稱到六樓時，槍戰已經展開。換言之，他們不知道是誰先開槍。我認為有人說謊，不過兩邊人馬根本沒機會串供。這些人被捕之後，立刻被我們隔開了。」

「真奇怪。」鶴岡的鏡片反射光芒。「那麼，他們為什麼去六樓？」

「據說是接到電話通知兩路人馬已經在六樓火拼，要他們立刻趕過去。每個人都這麼說。」彼得．洛利刑事露出困惑的表情，以哀傷的語氣說，「而且他們紛紛表示不認得電話裡的聲音，只知道是男人打來的，聲音很陌生。還說一定是對方的人馬打錯了。」

「六樓的樓層服務台無人看守，而且附有內線電話，可能是從那裡打的。」三宅喃喃自語道，「到底是什麼人……」

「若不是受重傷送醫的那兩人之一，那就是兩人都打了。」卡格尼刑事斬釘截鐵地斷定，「那兩人最早在六樓發生爭吵。OK，一人逃走，另一人緊追不捨。逃跑的那個人跑進蜜月套房，另一人追了進去，失手射殺了喬丹太太。啊，糟了，慌了手腳。這段期間，其中一人逃到樓層服務台，打電話通知同伴。」

「你怎能這麼斷定？」狐塚有些受不了地問道。

「因為接受偵訊的十三個人都沒有說謊。」卡格尼抽動鼻子說，「要是有人說謊，馬上就會被我識破。他們說的都是真的。」

「你還是老樣子，自信十足哪。」三宅苦笑道。

「槍戰發生以後，我和神戶刑事去探視喬丹太太。那時候，蜜月套房的門是上鎖的。」猿渡說，「槍殺喬丹太太的傢伙明明驚慌失措，為什麼還會記得鎖門？」

卡格尼不太有自信地環顧眾人說：「兇手可能是想拖延時間，讓殺人現場晚一點曝光吧。」

「不，果然還是有人說謊。」羅賓遜刑事看著筆記，頭也不抬地說，「根據我的調查，接到電話的客房有三〇二號、三〇八號、四二〇號、四三九號、五四六號及五四八號六間。每間房多半有兩個人以上，不是賭博就是聊天。受重傷的那兩人，其中一名水野幫成員，原本在四三九號房，接到那通神祕電話後，才和同伴一起趕到六樓。這是他室友的供詞。」

「搞不好是說謊。」彼得·洛利刑事還是一樣，一臉泫然欲泣的表情插嘴說道，「就連其他供詞也是謊言。最先趕到六樓的是四二〇號房的人，他們表示雖然聽到遠處有槍聲，卻不知道從哪裡傳出，於是掏槍戒備，結果遇上緊接著抵達的五四八號房的人，沒想到對方冷不防拔槍射擊。不過，五四八號房的人則表示是對方先開槍，他們才拔槍應戰。」

「這個嘛，主張對方先動手比較有利，也難怪他們會撒這點小謊吧。」卡格尼刑事不得已讓步說，「反正雙方都亮出武器了。」

「先不理會這些小謊，」神戶大助首度插嘴，「原則上先當作他們說的都是實話怎麼樣？」

「嗯，我也打算這麼想。」三宅警部注視著大助說，「但是，如果是那樣，那十五個人就不是殺害喬丹太太的兇手了。換言之，兇手在那十五個人以外，四二〇號房的人最早趕到六樓，並聽到槍聲，當時兇手正在蜜月套房裡開槍。然後兇手──或兇手們──在刑事趕到六樓之前，就逃到樓下去了。」

「不可能。」大助說，「電梯前的大廳處於混戰狀態，兇手不可能搭電梯下樓，而我們一聽見槍聲，就從逃生樓梯衝上去，所以兇手不可能走樓梯下來。此外，通往頂樓的緊急逃生門剛好今晚上鎖。」

「那麼，兇手還躲在六樓嗎？」猿渡問道。

「不，事件發生後，我們立刻確認，其他人都待在自己的房間裡。」布引說道。

鶴岡詫異地看著大助。「那麼到底是誰……」說到這裡，他的身體突然僵住了。

「神戶，難道……」

大助點點頭。「是的，我懷疑是喬丹先生殺的。」

「開什麼玩笑！」狐塚怒吼。

「不，這不是開玩笑。」

「哪一個才是真的？」三宅警部一臉不耐地問道。

「都是因為你提出這種計畫，才會有客人被殺！」狐塚指著大助氣憤地說，「而你竟然說被害人的丈夫就是兇手，真是豈有此理！到頭來，就算別人認為你想逃避責任也是活該！」

「狐塚，等一下。」鶴岡平靜地制止狐塚。「神戶，你的意思是喬丹先生在黑道火拼結束之後，再回房射殺他太太嗎？」

「那麼我們應該會聽到槍聲。」猿渡說，「就算那個房間位於走廊盡頭，還是在同一層樓，而且當時是深夜。如果開了四槍，我和神戶都在電梯前的大廳，不可能沒聽見。」猿渡轉身問坐在一旁的大助：「或者你的意思是，喬丹先生在出門用餐前射殺了他太太？也就是十點十分到二十分之間。」

「不，不可能。」三宅搖搖頭。「我看到的屍體才中槍不久，鑑識也這麼判定。」

「我的意思是，最先趕到六樓的人所聽到的槍聲，就是喬丹先生開槍的聲音。」大助有些焦急地解釋。

「那段時間，喬丹先生正好外出啊！」布引說，「他是在槍戰結束之後，才從外面回來的，我還在櫃檯把鑰匙交給他。」

「嗯，這一點沒錯。」門房卡格尼刑事用力點頭。「他在晚間十一點二十分左右，才從外面回來。」

「他是真的從外面回來嗎？」

「什麼？」卡格尼刑事吃驚地望向大助。

「從大門旁的小竹門走出去，可以繞過建築物，走到飯店後方的庭園。飯店的正前方有停車坪，因此大門的結構朝建築物內側凹陷，從裡面沒辦法看到小竹門。所以，你應該不知道喬丹先生是從庭園走過來，還是從外面回來。」

「而且天色很暗。」卡格尼低聲呻吟。「那麼，你是說喬丹走到庭園，從緊急逃生梯爬上六樓嗎？」

「是的，然後把他太太射殺，又從緊急逃生梯下來，再若無其事地從正門走進來。」

「不行、不行，逃生門全都上鎖了耶。」狐塚輕蔑地撇著嘴笑道。「絕對沒辦法從外面打開。如果是平常，逃生門可以從內側打開，但是今晚為了避免讓這些黑道份子偷溜出去，逃生門特地全部上鎖。這一點你剛才也說了，怎麼現在又忘了!?」

「沒錯，所以一定是那些黑道幹的。」布引贊同狐塚說，「被逼急的黑道就是因為走廊盡頭的逃生門打不開，才會跑進蜜月套房吧。」

「其實，我剛才從緊急逃生梯爬上六樓。」大助說，「我試了一下，根本不必從逃生門走進去，只要從六樓轉角處的樓梯欄杆探出身體，就可以看到蜜月套房的寢室了。」

在場的人紛紛愣住了，瞬間陷入沉默，然後又七嘴八舌了起來。

「從外面開槍嗎？」

「所以窗戶才會破嗎？」

「我也覺得很奇怪。如果那些流氓破門而入，在裡面火拼，喬丹太太應該不會躲進寢室，而是逃到走廊上才對。」

「喬丹是怎麼把他太太叫到窗邊的？」

「敲窗吧。」

「那麼，喬丹現在還帶著槍嗎？」

「怎麼可能？他不可能把那種東西帶回飯店，要是被發現就完了。」

「不然就是埋在後面的庭園囉？他是從庭園那邊回來的吧？」

「好。」三宅警部命令卡格尼刑事。「你帶三、四個人去搜搜庭園。」

「OK。」卡格尼離開了。

狐塚瞪著大助說：「如果從外面隔著玻璃窗開槍，那個房間面向庭園的正下方應該不會留下玻璃碎片，這一點你也調查過了吧！」

「我調查過了，但是有碎片。」大助遺憾地說道。

鶴岡安慰他似地點點頭說：「不過也有可能是喬丹回到房間以後，將屋內的玻璃碎片丟到窗外。」

「一定是這樣。」猿渡興沖沖地說道。「那傢伙在電梯前的大廳和我們講了幾句話，然後回到房間，撿起地上的玻璃碎片丟到樓下。啊，一定是為了讓房內看起來像是發生過打鬥，所以才把桌子翻倒。」

大助抬起頭。「沒錯！翻倒的那兩張桌子，一定只留下喬丹的指紋。」

「你去六樓問問鑑識結果。」三宅命令彼得・洛利刑事。「還有一件事，如果從窗外擊發的子彈貫穿了喬丹太太的頭部，那麼室內遺留的其中一顆子彈應該沾有她的血跡。這一點也確認一下。」

「遵命。」彼得・洛利恭敬地行個禮，便離開了。

「我還是認為那個房間裡的子彈是那群流氓在槍戰後留下來的。」狐塚頑固地堅持說，「現在，鑑識結果也該出來了吧。」

「是啊！」布引說道。「如果喬丹從窗外開槍，玻璃窗的破洞只有一處也太奇怪了。總共開了四槍，那扇窗的玻璃應該碎得更嚴重。」

大助不服輸地反駁：「我想，他是在射殺他太太之後，手拿著槍伸進那個破洞，朝牆壁開了兩槍，再故意射擊檯燈，製造巨響。」
狐塚一臉不解地說：「開了那麼多槍，又把桌子翻倒，到底有什麼用意？」
「為了讓我們誤以為黑道在這裡發生槍戰。」大助說，「同時也為了讓黑道以為他們的同伴在六樓的某處火拼。」
全員紛紛愣住了，連猿渡都忍不住以略帶責備的眼神望向大助。
「你是說，喬丹事前就知道那些流氓會在那個時間火拼嗎？」
「與其這麼說，倒不如說是喬丹設計他們發生槍戰的。」
「怎麼做？」狐塚已經在怒吼了。
「你是說，打電話到各個房間的人就是喬丹嗎？」鶴岡問道，「換言之，那通電話不是從飯店打的，而是喬丹從飯店外面的公共電話打的？」
「就是這麼回事。」
「難以置信。」三宅警部搖搖頭。「不過，我們必須確定電話是不是從外面打的。如果是，話機交換台應該會留下紀錄。」
「我去查查看。」愛德華·羅賓遜刑事匆匆離開了。
一陣沉默之後，狐塚突然爆笑了出來。「哇哈哈哈，在說什麼啊？你們都忘了嗎？喬丹不會說日語呀！雖然我剛才也忘了，不過大家怎麼都沒發現啊？」

「我覺得喬丹會說日語。」大助說道。

狐塚頓時瞠目結舌。

「組長，您還記得嗎？」大助看著三宅說道，「我們在總經理室第一次見到喬丹夫婦的時候，組長用日語問我，六樓是不是整層都淨空？而我回答，六樓都是空房。」

「嗯，我記得。」

大助重新轉向猿渡說：「你還記得喬丹那天外出回來以後，在走廊上跟我們說了什麼嗎？」

猿渡用力點點頭。「他的確用英語說『這層樓只有我們住呢』。」

「可能是喬丹在我們去總經理室之前，就已經聽總經理這麼說過了。」三宅開始沉思了起來。

「還有，喬丹在與我們握手時，還會同時向我們鞠躬。懂得一邊握手一邊鞠躬的洋人，大多與日本人相處過很長的一段時間。」大助頗有自信地說道。

卡格尼回來了，拿著一個用手帕包裹的東西。「找到手槍了。就埋在庭園造景石底下的土堆裡。」

彼得・洛利刑事從六樓回來，敬佩地看著大助報告：「就像這位刑事說的，桌面上只有喬丹的指紋。此外，屋內留下的其中一顆子彈，沾有喬丹太太的血跡。」

愛德華・羅賓遜刑事回來，邊看筆記邊報告說：「晚上十點五十分到五十六分之間，有連續九通電話從飯店外面打到各個房間，都是同一名男子的聲音。其中三通可能是房間裡沒人接吧。九個房間裡有六個房間，完全符合我剛才說的房號。」

「好。」三宅警部露出堅決的表情，站了起來。「走，去確認喬丹懂不懂日語，所有人都跟我來。」

喬・J・喬丹坐在總經理室的沙發上，背對著門口，正在與真田交談。

三宅警部率領眾刑事走進房間，用日語怒吼：「喬・詹姆斯・喬丹，警方現在以殺妻罪嫌將你逮捕！」

喬丹從椅子上跳了起來。

「日本警方向紐約警局照會之後，得到了這樣的答覆。」

特別對策總部再度遷回警署後，三宅警部在會議上面對眾多刑事，一面看著手中的筆記，一面說明：「喬・J・喬丹曾經在日本的美軍基地工作過一段相當長的時間，因此學會了日語，後來也經常往返美日之間，從事販毒。他是個不折不扣的不良老外，被列入日本警方的黑名單中。他最近負債累累，瀕臨破產，似乎遭到債主——紐約黑幫的威脅。遇害的這位老小姐莉塔女士繼承了雙親的鉅額遺產，喬丹巧妙地以甜言蜜語誘騙，為了她的財產而娶她。以下的說明是根據喬丹的自白。不巧地，莉塔有個監護人，她本人無法任意動用財產，於是喬丹興起了殺害她的念頭，遂與她一起環遊世界，展開蜜月旅行。他本來打算在歐洲下手，卻苦無機會，最後終於來到日本。喬丹心想，無論如何都得在這裡殺了她，沒想到事先預約的飯店正好被黑道組織住滿了，於是轉念一想，可以製造黑道火拼的機會。換言之，說得野蠻一點，喬丹想要湮滅殺人證據，堆積如山的屍體是最好的掩飾。」

「可惡，竟然瞧不起日本警察！」狐塚齜牙咧嘴地說道。

「到了事發當晚，」三宅繼續說道，「喬丹在確定莉塔女士熟睡之後，便離開了房間。他搭電梯到每一層樓，瞞過樓層服務台的刑事，在走廊上四處走動，豎耳傾聽，尋找聚集了許多組員的房間，並記下房號，再到櫃檯告知要外出用餐，從一樓玄關離開飯店。喬丹到餐廳用餐後，利用飯店前面的公共電話打到各個房間，表示六樓發生槍戰，並要求支援。喬丹的日語雖然講得不好，但因為用吼叫的，所以才沒被識破。他通知了九個房間，只有六間有人接聽。喬丹心想，這下子應該會引起大騷動，便從玄關大門旁的小竹門走進後面的庭院，再從緊急逃生梯跑到六樓，探身用槍柄使力敲打蜜月套房的寢室窗戶。莉塔太太驚醒，嚇了一跳，走近窗邊查看，卻遭到喬丹射殺。接著，喬丹從窗戶破洞伸進手槍，朝室內的牆壁開了兩槍、檯燈一槍，然後跑下緊急逃生梯，把手槍埋在庭園的造景石底下，再繞到正門，一臉若無其事地回到飯店。他樂觀地預測，飯店裡面此刻應該屍橫遍野，鬧得天翻地覆，豈料事件一下子就平息了，也無人死亡，於是他開始擔心，為了試探警方的想法，他向六樓的神戶刑事等人問了多餘的事，這使得他諳日語一事曝光，成了致命傷。喬丹回到房間，把桌子翻過來，將玻璃碎片丟到樓下，拼命掩飾犯罪現場，但終究瞞不過警方的眼睛，或者該說是瞞不過神戶刑事的眼睛。」三宅警部微笑，向大助點點頭。「請告訴我，做為參考。你懷疑喬丹是真兇的契機到底是什麼？」

「這……這只是單純的消去法。」受到眾人矚目，大助紅著臉，結結巴巴地說，「那時候，飯店裡除了喬丹，只有警察和黑道組織這兩種人。因此，如果兇手不是黑道，當然不可能是警方，那麼只剩下喬丹了。」

「你為什麼認為絕對不是黑道份子幹的？」鶴岡瞇著眼問道。

「那家飯店的房門都有窺視孔，如果黑道過來敲門，莉塔女士會從窺視孔裡看到，所以絕對不會開門。」

「你怎麼能夠斷定她絕對不會開門？」猿渡問道，「在飯店發生的事件，大部分都是因為被害人沒有從窺視孔確認來客，不小心開門才會發生的。你怎能斷定莉塔女士是先從窺視孔確認過了？」

大助扭扭捏捏地說：「我不想說外國人的壞話，這對於協助我們的紐約警方也過意不去……」

「原來如此，因為莉塔女士是紐約人嗎？」三宅會心一笑，點點頭。「這麼說來，喬丹的失策也是起因於他所出身的犯罪之都紐約。如果這裡是紐約，整個飯店早就鬧得天翻地覆了。不巧的是，這裡是日本，最重要的是那些黑道……」三宅說到這裡，突然板起臉孔，用力搖頭。

全員紛紛露出厭倦的表情，發出「噢」或「啊」的呻吟、低吼或嘆氣。

「那些傢伙不配混黑道，只會製造麻煩。」狐塚又開始大聲咆哮。「什麼會談，還以為是什麼大事，結果竟然只是締結姊妹關係！」

愛德華・羅賓遜刑事放聲大笑。「唉，這表示黑道組織也現代化了嘛。比起古老的交杯結盟，像現代都市一樣結為姊妹組織更符合潮流啊。」

「是啊！最重要的是，本市能夠平安無事，那場槍戰之所以迅速平息，沒有持續擴大，也是因為如此。」布引說，「他們接到喬丹的電話通知時，似乎遲遲無法相信，因為明天就要結為姊妹組織了，所以他們也沒有呼朋引伴，只是派了幾個人到六樓探看狀況。」

「總之，命案順利偵破了，黑道組織也離開了。」三宅站了起來。「那麼特別對策總部就此解散。恭喜各位！」

「恭喜！」

「恭喜！」

「恭喜呀恭喜！恭喜呀恭喜！」署長手舞足蹈地冒了出來。

唯獨這位署長，連作者也不清楚他究竟是何許人、有什麼來歷？唯一知道的，就是每當案件解決，無論宣告破案的地點在何處，他都會手舞足蹈地跳出來。除此以外，作者無法更進一步說明，只能在此向讀者致歉。

最後則是關於神戶大助。由於這一回是本書的完結篇，作者暗示各位讀者，大助今後將以刑事的身分繼續活躍，並與濱田鈴江小姐結婚，這才是寫娛樂小說的正規手法。不過，就算作者本人也無法預測未來會發生什麼事，作者是真的不清楚。神戶大助或許會遭到革職、被鈴江甩掉、或者破產……，這些都是無法預料的……

（全文完）

解說／陳國偉

筒井康隆的瘋狂喜劇劇場

（本文涉及故事內容，未讀正文者勿看。）

有顆SF行星，星新一與矢野徹開闢了通往這個星球的道路，福島正實繪出了藍圖，小松左京用萬能推土機整平土地，光瀨龍乘坐直昇機進行測量，眉村卓開來貨運列車載送物資，而筒井康隆邊吹著口哨邊開跑車來了……（註1）

——石川喬司《SF的時代》

在記憶中，搖晃著的身影

對於很多人來說，都是透過《富豪刑事》的日劇，同時認識這個改編作品及它的原作者，因為這位小說家跑到劇中，在每集的最後客串一個莫測高深的財經界大老瀨

註1　語出石川喬司《SF的時代》（東京：雙葉文庫），該書曾獲得第卅一屆（一九七八）日本推理作家協會獎評論獎。

崎龍平，一個原作中沒有的角色。因此大家對於筒井康隆的印象或許就停留在，這個從頭到尾都在裝神祕，最後竟然是為了一個早就被當事人遺忘的理由，記恨神戶喜久右衛門的幼稚任性老爺爺。

但對我而言，其實早在一九九八年，我因為搶著看心儀的偶像鈴木保奈美主演的《新聞女郎（ニュースの女）》，意外地見過了筒井康隆，在那齣戲中，他有著比較崇高的形象，是一位得到國際大獎的學者，不過在當時我還不知道，他是這麼重要及了不起的小說家。

的確，在台灣能接觸的少數筒井康隆影像中，與他文學中所傳達出來的前衛思想、實驗精神，其實相當格格不入，甚至在《富豪刑事》的改編中，因為將男主角神戶大助改成女性神戶美和子，只凸顯其中的喜劇及荒謬，對他陌生的台灣讀者誤以為他就是一個專營幽默推理或笨蛋推理（バカミス）的作家。但這樣的認識，其實只要閱讀過《富豪刑事》的小說後，相信一定和我一樣，有著大大的改觀。

走在前衛浪潮上的後設小說大師

其實透過戲劇最早接觸筒井康隆，其實也是一個不奇怪的途徑，因為在以作家身分出道前，他是先加入青年劇團「青貓座」活躍於劇場，一九五五年因演出史坦貝克（John Ernst Steinbeck）名劇〈人鼠之間〉而聲名大噪，並與仲代達矢齊名，開啟了他的演員生涯，之後也常常參與電影、日劇演出（註2）。

而他的文學出道，則是要到一九六〇年他與父親及三個弟弟一同創辦SF（Science Fiction／科幻小說）同人誌《NULL》，後來受到江戶川亂步的注意，七〇年代開始，他陸續以《靈長類南》、〈Full Nelson〉（一九七〇）、〈維他命〉（一九七一）、《日本以外全部沉沒》（一九七四）、《我的血是別人的血》（一九七五）長、短篇得到星雲獎，奠定他SF巨匠的地位。

可是自創作始，筒井康隆就不以類型的守護者為自滿，他大量嘗試不同的書寫形式，觸及各種顛覆性的題材，像是《越南觀光公社》（一九六七）、《女權國家的繁榮與崩壞》（一九七〇）、《俗物圖鑑》（一九七二）、擬仿小松左京《日本沉沒》的《日本以外全部沉沒》（一九七四）等。就像本文一開始所引述的，他就是個「邊吹著口哨邊開跑車」的人，在文學的處理上，他總是營造出輕鬆的姿態或氛圍，卻有著實驗性、甚至是顛覆或解構的意圖。而這樣的前衛性格，在《富豪刑事》中更是貫串全書。

像在〈富豪刑事的誘餌〉中，他採取了電影蒙太奇（Montage）的影像手法，在

註2　有趣的是，後來主演《富豪刑事》日劇版的深田恭子，與筒井康隆就是同一間經紀公司（Horipro Inc.），當年也參與了《新聞女郎》的演出，飾演瀧澤秀明的女朋友，與筒井康隆有著特殊的共演經歷。

最關鍵的舞會部分，有如鏡頭般地快速地切換於蟠野、須田、早川、坂本幾個嫌犯身上，交錯出他們各自卻有些同質的心境，以及當鈴江與他們接觸時，透過迅捷的穿梭感所誘發他們的欲望與競爭意識。筒井康隆利用這種共時法（synchronos）的敘事方式，讓這一場引誘的騙局，呈現出具有壓迫節奏、帶著懸疑刺激感的動態場景。同樣的手法，在〈富豪刑事的騙局〉中則是直接告訴讀者，多組刑警同時辦案的過程如何被敍述，雖然作者用搞笑的語氣說這是為了不讓讀者誤解其他刑警在打混，但背後其實有著嚴肅的文學實驗意圖：希望能在時間感強烈的推理文類中，呈現出過去的作家都無法透過文字成功再現的「並時景觀」。

而筒井康隆的企圖不僅如此，他不僅試圖呈現並時景觀，更玩起了時間重構的文學實驗，煞有其事地指示讀者應該按照小標題的順序閱讀，運用原本《富豪刑事》「引誘」的主要辦案模式卻重組它，讓情節中原本二十五日上午警方就已識破犯人身分的〈B'〉節，透過被重組的時間結構給置放於後，成為二十六日中午的〈E〉節後才被公開的真相，反而回應了推理小說結構最後應為解謎篇的公式。這樣的結構重組搭配作者的閱讀指示，不僅已具有「敍述性詭計」的特質，更充滿了後設小說（metafiction）的表現技巧，而這類作者及敍事文體高度自我反射性（self-reflexivity）的書寫，在〈富豪刑事的密室〉一篇中更是淋漓盡致。

在該篇，筒井康隆安排了兩次角色「對讀者說話」，第一次是當偵辦方向確定後，透過鎌倉警部提出「向讀者的挑戰」，不僅解釋作者是因為首次寫本格推理，無法隱藏所有線索，甚至也為書中鬆散的偵察過程提出說辭，辯稱因為他們是「文藝性、理想化的民主警察」，塑造出文學形式上的顛覆性與意義上的喜劇感，更在曖昧地嘲諷本格形式的同時，也瓦解了社會派所建立的警察用腳辦案的道德性苦勞形象。

而到了第二次神戶大助對讀者說話時，他扮演的已經是解謎的角色，除了說明兇手如何執行詭計，且讓《富豪刑事》原本設定的「引誘犯人入甕」的固定情節結構「快轉」，而快速交代過去，直接跳躍到兇手已經拜訪過兩、三次，勘查好地形與決定再度犯罪的當晚。透過這樣的角色「現身／聲」，暴露出推理小說情節運轉的「步速」（pace），往往取決於作者的意圖，而可能抵觸本格推理所讚揚的某些「公平性」原則，其實是建立在已經被作者操縱且選擇的敍事節奏上。

這樣的形式，對於現在的推理讀者來說，當然已耳熟能詳。在台灣相當受歡迎的經典推理日劇《古畑任三郎》中，腳本家三谷幸喜往往在解謎前，都會運用這樣「向讀者挑戰」的形式，讓偵探向觀眾說話。但到第三部時，古畑也開始擔負起鎌倉警部的任務，為三谷幸喜「代言」，解答觀眾的「為什麼事件總發生在主角身邊」、「主角太厲害」等來信疑問，但當面對「線索交代似乎無法完整」這類疑問時，古畑也只好說因為戲劇長度「一集只有四十六分鐘」，來希望得到觀眾的體諒了。

　當然相對於三谷幸喜的態度，筒井康隆更為大膽。諸如〈富豪刑事的密室〉中以「冬天的密室比夏天多，不過大部分都是偶然形成的」小小諷刺了密室手法，〈富豪刑事的騙局〉中提到綁架案中刑警老是喬裝成瓦斯工（這應該是七〇年代以前的情形，現在似乎都是電話工程人員這類的），基本上是三流推理小說的橋段；或是〈富豪刑事的大飯店〉中不重要情節的略過，僅交代一句：「這就是小說的便利之處，『當天』立刻到來。」甚至在末篇〈富豪刑事的大飯店〉的後半段，不斷地解釋猿渡、三宅、狐塚、布引、鶴岡等人其實都有精采的故事，但因為這個系列即將結束，所以作者似乎是要對他們在小說中被迫「扁平化」感到抱歉。但對照其他推理作家小說中系列偵探與助手（們）永無止盡的連續辦案，甚至發展出分合的糾葛故事，筒井康隆的「自表心跡」，似乎又有著令人莞爾的言外之意。

　這些對於推理小說的反思，充分展現筒井康隆對於推理小說敍事成規的自覺，意圖通過這樣的方式去打破既有的書寫法則，走上前人未曾開發過的領域。當然，這之中的許多實驗手法，以今日的眼光來看並不稀奇，但在七〇年代的日本大眾文壇，這實在是相當前衛的寫法，也是了不起的成就。當我們在讚嘆東野圭吾的《名偵探的守則》（一九九六）、《超・殺人事件》（二〇〇一）是如何地以搞笑荒誕的方式讓我們重省推理小說的法則時，二十年前的筒井康隆早已透過《富豪刑事》完成了這一切，這樣一本看似簡單的警場喜劇，其實一點也不簡單。

喜劇的形式極限

而且在《富豪刑事》中，筒井康隆將他所擅長的「荒誕劇場」型態，發揮得淋漓盡致。一組走調的刑警組織，完全失序的警察程序，任意決定的辦案方式，就連〈富豪刑事的大飯店〉中的黑道都不務「極道」正業，以及該篇結尾就連作者都不知道從哪裡冒出來的署長角色，整個小說世界有如警察與犯人的瘋狂馬戲團，這一切都構成了小說人物與情節的荒誕性，充滿衝突的戲劇性，卻又在喜劇的氛圍中被合理化，讓讀者的認知也曖昧於它到底本不本格。

在此同時，筒井康隆也改寫了推理小說中偵探與犯人的極限。一方面，他運用「人性本惡」的再犯罪意志，另一方面，則是利用了「社會常識」的逆反，也就是警方不可能有這樣的資源去創造另一個可以引誘犯罪的「資本陷阱」，因為正如前面所提到的，警察的美德在於「用腳辦案」，是一步一腳印地查出線索，這一點不論是松本清張《砂之器》的今西榮太郎、森村誠一《人性的證明》的棟居弘一郎，甚至是島田莊司《奇想動天》的吉敷竹史，無一不是遵循著這樣的道德典型，但在《富豪刑事》中，卻被瓦解殆盡，甚至神戶大助的財富，還是來自警方的挫敗史——神戶喜久右衛門的長年犯罪累積得來，這無疑是最徹底的顛覆。

但就推理小說的美學來說，筒井康隆也推演出偵探的另一種極致，那便是不需要理性知識（金田一耕助、京極堂）、不需要邏輯推理能力（法月綸太郎、火村英生），甚至也不需要天才般的洞察力（明智小五郎、御手洗潔），而只要龐大的財力，創造出一整套新的犯罪圈套，就能將犯人手到擒來，讓其在重複的犯罪架構中俯首認罪，犯行不證自明。

而對讀者來說，神戶家的豪奢，也從七〇年代社會經濟環境中鮮見的「奇」，逐漸走向了八〇年代中期之後泡沫經濟時代所建構出來的「常」，而到泡沫經濟破滅後的「見怪不怪」，在不同的時代繼續得到讀者不同態度的認同與接受，絲毫沒有因為時代的改易而有任何的「落後」感，因為「富豪」這樣跨越時代、人心與地域的身分型態，而讓這樣的故事一直維持著相當程度的「時代感」。

當然，這樣的富豪之家，願意協助正義的警方，也算是美事一樁，雖然這些財富都是不法所得，但這樣的破案必勝方程式，終究讓人不免好奇起來，當初若有人用同樣的方法，去辦神戶喜久右衛門的不法案件，那麼到底誰會獲勝？當然，故事一定會非常精采，值得好好猜測猜測，不過筆者已超出太多預定字數，得趕緊結束這篇解說，在此不得不割愛，實在遺憾。

作者簡介／陳國偉

筆名遊唱，新世代小說家、推理評論家、MLR推理文學研究會成員，現為國立中興大學台灣文學所助理教授，並執行多個有關台灣與亞洲推理小說發展的學術研究計畫。

國家圖書館出版品預行編目資料

富豪刑事／筒井康隆 著／
王華懋　譯；. --.初版.— 臺北市 ； 獨步文化：
家庭傳媒城邦分公司發行， 2008〔民97〕面 ； 公分.
（筒井康隆作品集：01）
譯自：富豪刑事
ISBN 978-986-6562-04-4

861.57　　97015655

筒井康隆作品集 01

富豪刑事

原著書名／富豪刑事
原出版社／新潮社
作　　者／筒井康隆
內頁插畫／真鍋　博
翻　　譯／王華懋
總 經 理／陳蕙慧
副總編輯／林毓瑜
責任編輯／王曉瑩

發 行 人／凃玉雲
行銷業務部／尹子麟
版 權 部／王淑儀
出 版 者／獨步文化
城邦文化事業股份有限公司
100台北市中正區信義路二段213號11樓
電話：(02) 2356-0933
傳真：(02)2351-6320、2351-9179
發　　行／英屬蓋曼群島商家庭傳媒股份有限公司城邦分公司
104台北市中山區民生東路二段141號2樓
讀者服務專線：(02)2500-7718；2500-7719
24小時傳真服務：(02)2500-1990；2500-1991
服務時間：週一至週五
上午09:30～12:00 下午13:30～17:00
讀者服務信箱E-mail：service@readingclub.com.tw
劃撥帳號：19863813
戶名：書虫股份有限公司
總 經 銷／大和書報圖書股份有限公司
電話：(02)8990-2588；8990-2568
傳真：(02)2290-1658；2290-1628
香港發行所／城邦（香港）出版集團有限公司
新址：香港灣仔軒尼詩道235號3樓
電話：(852) 25086231　傳真：(852) 25789337
E-mail：hkcite@biznetvigator.com
馬新發行所／城邦（馬新）出版集團
【Cite(M)Sdn.Bhd.(458372U)】
11,Jalan 30D/146, Desa Tasik, Sungai Besi,57000
Kuala Lumpur, Malaysia
電話：(603) 90563833　傳真：(603) 90562833

美術設計／戴翊庭
排版／浩翰電腦排版股份有限公司
印刷／鴻霖印刷傳媒事業有限公司
□2008年（民97）10 月初版
定價260元　Printed in Taiwan

獨步文化
APEX PRESS

廣 告 回 函
北區郵政管理登記證
台北廣字第000791號
郵資已付，免貼郵票

104台北市民生東路二段 141 號 2 樓

英屬蓋曼群島商家庭傳媒股份有限公司

城邦分公司

請沿虛線對摺，謝謝！

獨步文化
APEX PRESS

書號: 1UL001	書名: 富豪刑事	編碼:

請於此處用膠水黏貼

獨步文化 APEX PRESS

讀者回函卡

謝謝您購買我們出版的書籍！

請費心填寫此回函卡，我們將不定期寄上城邦集團最新的出版訊息。

姓名：＿＿＿＿＿＿＿＿＿＿ 性別：□男 □女

生日：西元＿＿＿＿年＿＿＿＿月＿＿＿＿日

地址：＿＿＿＿＿＿＿＿＿＿

聯絡電話：＿＿＿＿＿＿＿＿ 傳真：＿＿＿＿＿＿＿＿

E-mail：＿＿＿＿＿＿＿＿＿＿

學歷：□1.小學 □2.國中 □3.高中 □4.大專 □5.研究所以上

職業：□1.學生 □2.軍公教 □3.服務 □4.金融 □5.製造 □6.資訊

□7.傳播 □8.自由業 □9.農漁牧 □10.家管 □11.退休

□12.其他＿＿＿＿＿＿＿＿

您從何種方式得知本書消息？

□1.書店 □2.網路 □3.報紙 □4.雜誌 □5.廣播 □6.電視

□7.親友推薦 □8.其他＿＿＿＿＿＿＿＿

您通常以何種方式購書？

□1.書店 □2.網路 □3.傳真訂 □4.郵局劃撥 □5.其他

您喜歡閱讀哪些類別的書籍？

□1.財經商業 □2.自然科學 □3.歷史 □4.法律 □5.文學

□6.休閒旅遊 □7.小說 □8.人物傳記 □9.生活、勵志 □10.其他

對我們的建議：＿＿＿＿＿＿＿＿＿＿

＿＿＿＿＿＿＿＿＿＿

＿＿＿＿＿＿＿＿＿＿

＿＿＿＿＿＿＿＿＿＿

＿＿＿＿＿＿＿＿＿＿

請於此處用膠水黏貼

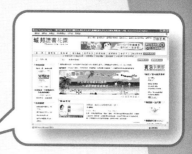

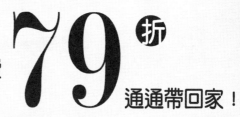